KB059743

서평 글쓰기 특강

서평 글쓰기 특강

생각 정리의 기술

김민영 · 황선애 지음

북바이북

서평, 책을 가장 잘 기억하는 방법

책은 두 종류로 나뉩니다. 잊힌 책과 남은 책입니다. 누군가는 "어떤 식으로든 남게 된다"며 망각을 받아들이죠. 하지만 "읽어도 남는 게 없다"며 안타까워하는 독자도 있습니다. 저희는 후자에 가까운 독자입니다. 좋아하는 책을 읽으면, 어떤 식으로든 기억하고 싶습니다. 메모와 독후감을 넘어 서평까지 쓰게 된 이유도 그 때문이겠죠.

생각이란 추상적이고 관념적인 상태입니다. 글이나 말로 구체화하기 전에는 그 정체를 알 수 없습니다. 좋은 책을 읽고도 "좋았다", "재미있었다"는 말밖에 할 수 없을 때 우리는 답답해집니다. 생각과 감정을 표현할 도구가 절실해집니다. 바로 글과 말이지요. 잠재된 생각을 글과 말로 구체화할 때 우리는 보다 '분명'해졌다는 쾌감을 느낍니다. 〈말과활〉의 발행인 홍세화 씨는 글쓰기를 가리켜 "주체적 자아 형성에서 빠질 수 없는 과정"이라 정의하기도 했습니다. 그래서일까요. 글을 쓰다 보면 주관이 뚜렷해지고, 자신감이 생깁니다. "글쓰기로 열등감을 극복했다"는 서민 교수의 말도 이를 보여주는 고백이라 할 수 있습니다.

한 독서 모임에서 누군가가 말했습니다. "저는 덜 외로워지려고 책을 읽어요." 맞습니다. 공감 가는 구절에 밑줄을 치면서 '나만 그렇게 생각한 건 아니구나'라는 위로를 받기도 합니다. 좋았던 구절을 옮겨 적다 보면 정독이 주는 포만감도 듭니다. 이런 독후 활동의 욕망은 작가에 대한 애정일 수도, 자의식의 발로일 수도 있습니다. 우리는 누군가의 생각에 공감하며, 자신의 생각을 확인합니다. 결국 밑줄이란 내 생각의 거울이라 할 수 있습니다.

서평을 쓰는 가장 큰 이유는 읽은 책을 기억하고 자신의 생각을 정리하기 위해서입니다. 이 과정에서 우리는 책을 좀 더 깊이 읽게 되고, 나의 생각과 더 가까이 마주하게 됩니다. 개인적인 독후감에 머무르지 않고 독자를 생각하는 서평으로 나아갈 때, 또 하나의 이유가 덧붙여집니다. 바로 소통입니다. 공을 들여 서평을 쓰는 이유는 내가 느낀 감동과 생각을 누군가와 나누기 위한 게 아닐까요.

이 책은 "서평을 쓰고 싶지만 어떻게 시작해야 할지 모르겠다"고 어려움을 토로하는 분들을 염두에 두고 썼습니다. 책을 읽고 발췌하기부터 개요 짜기와 요약하기, 초고 쓰기부터 퇴고하기까지 서평 쓰기의 전 과정을 정리했습니다. 좀더 실용적인 관점에서 글쓰기에 도움이 되는 방법을 제시하고자 애썼습니다. 이 책을 통해 서평 쓰기의 두려움을 없애고, 재미와 의미를 얻게 되기를 바랍니다.

이 책을 위해 기꺼이 인터뷰에 응해주신 여러분들, 자신의 서평을 예시로 제공해주신 분 모두에게 감사드립니다.

자, 그럼 서평 쓰기를 시작해볼까요?

2015년 5월

김민영·황선애

차례

CHAPTER 1

독서 습관을 바꾸는
서평 쓰기

김민영

01

서평, 독서의 종착역

:

책을 읽지 않는 시대라고 하지만, 누군가는 끊임없이 읽습니다. 최근에는 독서로만 그치지 않고, 서평으로 자신의 생각을 표현하려는 사람들이 늘어났습니다. 그들은 인터넷서점이나 블로그, 카페에 서평을 공개합니다.

책을 읽었다는 성취감은 큽니다. 하지만 자신만의 서평을 써냈을 때의 기쁨에는 비할 바가 아닙니다. 어쩌면 독서의 끝은 책을 덮을 때가 아니라 서평을 쓴 다음이 아닐까요.

막상 서평을 쓰기로 마음을 먹었다 하더라도, 빈 종이를 채우는 일은 만만치 않습니다. 독서는 수동적일 수 있으나, 글쓰기는 언제나 능동적이기 때문입니다. 글쓰기는 처음부터 끝까지 '내가 만드는 세상'입니다. 상당수의 독자가 읽기에 그치는 이유도 이 때문입니다. 하지만 책 읽은 감흥을 글로 표현하는 것이 얼마나 즐거운 일인지 깨닫고 나면 펜을 놓기가 힘들어집니다.

서평을 쓸 때 가장 고민되는 건 뭘까요? 내가 쓰는 글이 독후감인지 서평인지 알 수 없을 때가 아닐까요? SNS에 읽은 책의 정보를 올리기도 하지만, 정리되었다고 하기에는 부족합니다. 그러다 잘 쓴 서평을 보면 자신감이 떨어집니다. '나도 비슷한 감정을 느꼈는데 왜 이렇게 쓰지 못할까'라는 자괴감에 빠지기도 하고요. 책 구절을 옮겨 적거나, 단상을 끄적이는 것에서 더 나아가고 싶지만 방법을 모릅니다.

독후감은 일기나 에세이에 가깝지만, 서평은 비평에 속하므로 보다 명쾌해야 합니다. 쓰는 사람의 입장이 분명해야 독자에게도 쉽게 와 닿겠죠. 먼저 ① 어떤 책을 ② 어떻게 읽었고, ③ 왜 추천하는지, 이 세 꼭짓점을 정리했다면 서평으로서의 조건을 갖춘 셈입니다. 세 꼭짓점은 서평자, 독자 모두에게 중요한 지점입니다. 서평자는 이 세 지점을 거친 후에야 읽은 책이 무엇인지 정리하고, 감정의 정체를 파악하며, 책의 가치를 언급하는 쾌감을 느낍니다. 이렇게 정리된 글은 독자에게 지식과 정보로 다가갈 수 있습니다. 무수히 많은 책 가운데, 그 책을 추천하는 이유를 언급한다면 소중한 길라잡이가 될 테고, 비록 그 책을 읽지 못하더라도 서평 자체로도 훌륭한 정보가 되니 유익한 자료입니다.

　그런데 막상 서평을 쓰려고 하면 시간이 꽤 걸리기도 합니다. 어떤 사람은 2시간 만에 읽은 책을 4시간에 걸쳐 정리했다고 합니다. 읽을 땐 재미있었는데 쓰려니 막막했다는 겁니다. 본문을 이리저리 옮겨보고, 다른 서평도 참고하며 끙끙대다 보니 4시간이 걸린 것입니다. 하지만 마침표를 찍고 나니 긴 여행을 끝낸 느낌이었다고 합니다. 뭔가 꼭 해야 할 일을 마친 성취감도 들었고요. 친구에게 "이 책은 이런 점이 좋으니 꼭 읽어봐"라고 당당히 말할 수 있을 듯하고, 오랜 시간이 지난 후에도 이 책을 기억할 것 같은 자신감. 그 기분이 좋아, 읽은 책은 꼭 서평을 쓰게 되었다고 말합니다. 조금씩 쓰다 보면 보다 빨리, 쉽게 정리할 수 있겠지요.

　한 달에 5~6편의 서평을 쓰는 명훈 씨는 "잘 쓰기 때문이 아니라, 쓸 수밖에 없어 쓴다"고 말합니다. 처음엔 단상 정도로 기록하려 했는데, 조금씩 쓰다 보니 서평집이나 전문가 서평도 읽으며 글을 다듬게 되었다고 합니다. "단순히 읽은 책을 정리하려 했던 건데, 글쓰기 실력까지 나아졌어요. 생각지 못한 소득이었습니다. 회사에서 쓰는 보고서, 기획서까지 명료해졌습니다." 명훈 씨는 "전보다 좋아졌다"는 말을 들을 때마다 서평 쓰기 효과를 절감했습니다.

그는 일에 쫓겨 서평을 쓰지 못할 때면 스트레스를 받기도 합니다. 서평을 쓰지 않으면 책을 읽고도 정리가 안 된 느낌이 들기 때문입니다. 가능하면 주말마다 2시간씩 앉아 서평을 씁니다. TV를 틀어 놓고 멍하게 있기 일쑤였던 시간을 이용하는 거죠. 이 습관을 10년 쯤 이어가다 보면 책 한 권은 쓸 수 있지 않을까 하는 꿈을 꾸기도 합니다. 예전에는 특별한 사람만이 작가가 될 수 있다고 생각했던 명훈 씨는 3년간 서평을 쓰며, 조금씩 글쓰기 감을 익히고 있습니다. "평범한 직장인이 쓴 어른을 위한 동화는 어떨까요? 안도현의 『연어 이야기』를 읽고 나니 글을 쓰고 싶어졌어요." 이제 명훈 씨에게 서평은 습관이자 꿈입니다.

서평을 쓰다 보면 책 읽은 경로가 뚜렷해집니다. "재미있었다""감동적이다""지루하다"라는 감상 한마디가 A4용지 한두 장 분량으로 확장되려면 감정의 정체를 추적할 수밖에 없습니다. 어떤 점에서 어떤 감정을 느꼈는지 서술해야 하니까요. 예컨대, 100만부 넘게 팔린 베스트셀러일지라도 지루함을 느낄 수 있습니다. 그럴 때 많은 독자들은 "나만 재미없나? 내가 이상한가?"라고 생각하곤 합니다. "뭐 이런 책이 베스트셀러야? 내가 제대로 비판 한번 해봐야겠어!"라며 펜을 잡는 '소수의 독자'가 있을 뿐, 다수는 소외감이나 실망감에 그치고 말죠. 서평은 그 불편함도 해소시켜줍니다. 어떤 점이 얼마나 아쉬웠는지, 왜 읽히지 않는지 정리할 수 있으니까요.

70여 명에 이르는 서평 모임을 진행하면서 가장 많이 들었던 말은 "서평을 쓰니까, 생각이 정리되어 참 좋다"는 말입니다. 정리하는 즐거움은 물론, 성취감이 쌓여 글쓰기가 즐거워졌다고 합니다. 또, 다른 사람이 쓴 서평을 보며 아이디어도 얻습니다. 처음에는 전문가나 쓰는 어려운 글인 줄 알았는데, 지금은 습관처럼 끄적이기도 합니다. 어설프면 어떤가요. 좋은 책을 읽고, 정리할 수 있다면 충분하지 않은가요.

서평을 잘 쓰는 방법은 간단합니다. 너무 잘 쓰려고 하지 않는 것입니다. 어깨에 힘을 빼고, 가볍게 읽은 책 정리하기.

과욕은 금물, 시작은 미미하게. 감동과 재미, 실망과 질문, 낯섦과 두려움, 어떤 감정이라도 좋습니다. 책이 준 감흥이라면 무엇이든 글감이 됩니다. 그러니 소재가 없어 막막한 사람이라면, 서평부터 써봅시다. 책 속 곳곳의 글감을 정리하다 보면, 생각도 분명해지고 표현력도 좋아질 것입니다.

02
책을읽어도남는게없다?

⋮

최근 한 방송사의 PD를 만났습니다. 이제 막 마흔을 넘긴 남성이었는데요. 그가 이런 고민을 호소했습니다. "콘텐츠가 빈약하다는 걸 알면서도, 책 읽기가 필요하다는 걸 알면서도 막상 책을 잡으면 잘 못 읽어요. 책장만 넘길 뿐, 덮으면 아무 생각도 나지 않습니다." 분명 마지막 장까지 다 읽었는데 남는 게 없다는 겁니다.

그의 이야기를 들어보니 '생각'이라는 주인공 자리에 끼어든 방해꾼 '잡념'이 보였습니다. 잡념의 원인은 스마트폰과 인터넷에 있었습니다.

그만의 문제는 아니겠죠. 많은 분들이 듣고 보는 것은 익숙한데, 질문하기와 쓰기는 어려워합니다. 테드TED 강연이나, 〈세상을 바꾸는 시간 15분〉이라는 텔레비전 프로그램을 보듯 책을 읽는 겁니다. 일종의 훑어보기랄까요. 당연히 읽고 나면 남는 게 적겠지요.

직장인 박영훈 씨는 책을 거칠게 다룹니다. 줄 긋기는 기본이고 이곳저곳에 메모도 합니다. 모든 책은 사서 읽고, 여백에 글을 쓰기 때문에 다른 사람에게 줄 수도, 팔 수도 없답니다. 밑줄 하나 긋지 않고 깨끗하게 보는 분이라면 상상도 못할 일이죠. 그는 자기 걸로 남기기 위해 기록한다고 말합니다. 전에는 깨끗하게 보고 꽂아두기도 했는데, 한참 지나니 남는 게 없더랍니다. 제목조차 생각나지 않는 경우도 있었죠.

"책은 지저분하게 보는 게 좋다"라는 저술가 다치바나 다카시의 조언을 따르면서 그는 놀라운 경험을 했습니다. 바로 글쓰기 실력 향상입니다. 처음에는 좋은 부분을 옮겨 적고 단상 정도만 쓰던 그는 이제 여러 책을 엮고 잇는 크로스오버 서평까지 씁니다. 바로 기록 습관의 산물입니다. 그는 말합니다. "서평을 쓰지 않으면, 책을 읽지 않은 것 같아 허전합니다." 쓰기가 습관이 된 그는 전보다 더 부지런히 산다고 합니다. 읽고 쓸 시간을 확보하기 위해, TV 시청도 웹 서핑도 줄였다고 합니다. 전보다 자기만의 시간을 가질 수 있어 행복하다고 말합니다.

평생 책을 읽어온 그이지만 글쓰기만은 두려운 숙제였는데 이제 숙원 사업을 푼 셈입니다. 지금도 그는 책에 메모를 하고 줄을 긋고 보충 자료를 남깁니다. 의문점을 기록하고, 연상되는 다른 책 제목도 적어놓습니다. 그가 읽은 한 권의 책은 한마디로 지식의 보고인 셈입니다. 한 권이 아닌 여러 권이 응축된 기록의 산물입니다.

직장인 김미영 씨의 예를 볼까요. 베른하르트 슐링크의 『책 읽어주는 남자』(시공사, 2013)를 읽고 토론하는 자리에서 그녀는 말 그대로 멘붕이 되어버렸습니다. 책을 잘못 읽었다는 자책 때문이었지요. 다른 사람들은 아우슈비츠 수용소의 문제, 독일 전후세대의 고백, 한나 아렌트가 말한 '무사유의 죄' 등을 이야기하는데, 그녀는 한마디도 할 수 없었던 겁니다.

"저는 로맨스로만 봤는데……, 정말 충격이었어요. 제 눈에는 전차 장면에서 여자가 남자를 외면해서 상처주고 상처받는 부분이 가장 가슴 아프고 와 닿았는데, 다른 사람들이 봤던 건 왜 하나도 기억나지 않을까요……?"

물론 미영 씨의 읽기도 의미가 있습니다. 이 책은 분명 로맨스를 줄기로 하니까요. 하지만 그것만 읽어서는 곤란합니다. 작가가 외치는 역사의식을 놓친다면 겉핥기식 독서가 될 수 있습니다. 특히, 주인공 한나가 감독관으로 일했던 아우슈비츠 수용소를 놓치고 지나간다면 제대로 본 것이라 할 수 없습니다. 아우슈비츠 수용소의 증언자 프레모 레비의 『이것이 인간인가』(돌베개, 2007)를 함께 읽는다면 『책 읽어주는 남자』의 속내가 보일 겁니다. 함께 읽기가 어렵다면 최소한 아우슈비츠와 한나 아렌트에 대해 알아보는 것도 좋습니다. 주입식 교육, 인터넷에서의 편의적 읽기에 길들여진 성인에게 주체적 공부와 글쓰기는 거쳐야 할 숙제입니다.

4년간 1년에 100권 읽기를 실천하고 독서모임에 나갔던 미영 씨는 지금 서평 쓰기 전의 독서와 이후의 독서를 확실히 구분합니다. 그 경계는 휘발되는 독서와 남는 독서라고 할 수 있습니다. 이제는 발췌나 독후감이라도 꼭 남기려 한답니다. 전에는 낙서로 가득했던 카카오스토리와 페이스북, 블로그가 책으로 채워지고 있습니다. 주변에서도 미영 씨가 다음에 소개할 책을 기다린다고 합니다. 그녀가 꾹꾹 눌러쓴 서평에 감동하고, 미영 씨가 추천한 책은 꼭 읽어본다는 지인들이 늘어간답니다. 1인 독서운동가가 된 거죠. 미영 씨는 여전히 자기 글을 '발로 쓴 서평'이라며 부끄러워합니다. 하지만 저에게는 진솔한 글로 읽힙니다. 잘 쓰려고 하지 않기에, 스스로 즐기기에 더없이 편하게 읽힙니다.

그녀는 이제 자기 수준보다 20퍼센트 정도 더 어려운 책도 공부하듯 읽고 정리하려 합니다. 낯선 분야의 책도 읽어봅니다. 어렵다는 생각이 들면, 서평부터 찾아봅니다. 다른 사람이 정리해놓은 서평으로 배경지식을 쌓고 읽으니 한층 이해가 쉽습니다. 온라인 서점에 올라온 책 정보도 소홀히 넘어가지 않습니다. 이제 미영 씨는 '취미'란에 '서평 쓰기'라고 적습니다. 평생 보여주기식 취미로 '독서'라고만 썼는데, 이젠 진짜 취미를 소개할 수 있게 되었습니다. 책 좋아하는 사람들에게 자신 있게 말합니다. "발로 쓴 서평이라도 좋으니 꼭 글로 남겨보라"고. 서평은 정독 중의 정독이며, 자존감을 높이는 성숙한 글쓰기입니다.

03
책을 읽어도 표현할 수 없다?

⋮

저는 책을 읽은 후에 말이든 글이든 '드러내기'를 권합니다. '드러내기'는 자신의 생각을 정리하는 데 도움이 됩니다. 드러내기가 습관이 된 사람은 이런 취미를 갖고 있습니다. 우선, 간단히 밑줄 친 부분을 블로그나 SNS에 올립니다. 독후감이나 서평을 쓰기도 합니다. 글쓰기가 어려울 땐, 독서모임에 나가봅니다. 처음에는 안 풀리던 말도, 자꾸 하다 보면 정리가 되고, 몰랐던 사실도 알게 됩니다. 이렇게 계속 드러내다 보면 어느새 똑똑해진 자신을 발견하게 됩니다. 글과 말의 수준이 달라지고, 전에 없던 논리가 생깁니다.

그러나 좋은 걸 알면서도 막상 실천하기란 쉽지 않습니다. 메이지 대학교 사이토 다카시 교수는 『1분 감각』(장은정 옮김, 위즈덤하우스, 2011)에서 우리의 어려움을 콕! 짚어줍니다.

> 세상에는 무리해서 끝까지 책을 읽고도 그 내용을 다른 사람에게 설명하지 못하는 사람이 많다. 그것은 출력을 전제로 입력하지 않았기 때문이다. 그런 방식이라면 아무리 입력해도 좀처럼 몸에 익지 않을 것이다. 출력을 하려면 입력과 동시에 가공을 해야 한다. 다른 사람의 이야기를 들을 때도 그것을 제삼자에게 정확히 전달하는 것을 전제로 듣는 것이 좋다. 그렇게 하면 키워드와 핵심에 집중해서 들을 수 있다. 입력할 때 어떻게 출력할지도 의식해야 한다는 사실을 명심하자.

여기서 '출력'은 독후감이나 독서토론 정도가 되겠지요. 사이토 다카시에 따르면 독후감을 쓰기 위해서는 책의 주요 키워드를 잘 읽어야 합니다. 자신만의 생각과 느낌도 덧붙여야 하고요. 그것이 바로 '가공'입니다. 독서토론에 가고 싶은데, 말하기가 두렵다면 이 같은 방법을 쓰면 됩니다. 책의 요지가 담긴 키워드를 찾고, 메모하고, 가공해서 '이야깃거리'를 만들어가는 겁니다.

제가 아는 한 초등학교 교사는 독서토론에서 자신이 할 말을 늘 메모해왔습니다. 처음에는 더듬더듬, 써온 걸 읽느라 주변 사람과 눈도 잘 못 마주쳤습니다. 목소리는 염소처럼 떨리고, 귀는 빨개지고요. 하지만 그녀는 이 충실한 준비 습관 덕에 8개월 만에 독서토론의 여왕이 되었습니다. 나중에는 특별히 메모해오지 않아도, 줄줄 출력했습니다. 사람들은 그녀가 타고난 말솜씨를 지닌 건 아닌가 감탄했지만, 그녀의 피나는 노력을 알기에 저는 큰 감동을 받았습니다.

대부분은 말하기와 글쓰기도 타고난 재주라고 생각합니다. 하지만 명강사나 유명 작가가 아닌 일반인도 연습을 통해 '말을 잘한다', '글을 잘 쓴다'라는 수준에 충분히 도달할 수 있습니다.

대학생 황현수 씨의 사연이 좋은 예가 되겠네요. 한 대학 강의에서 만난 현수 씨는 "책을 읽어도 표현이 안 된다"며 상담을 청해왔습니다. 책 읽기는 좋아하는 편이지만, 막상 서평을 쓰거나 말로 표현하려면 어렵다는 것입니다. 최근 그는 서평 과제 때문에 일주일이나 끙끙댔지만 결국에는 제출하지 못했다며 울상이었습니다. 만만치 않은 독서량을 자랑하는 그가 왜 이런 문제로 고민하는 걸까요?

저는 글쓰기의 문제보다 그의 말을 관찰해보고 싶어졌습니다. 그와 이런저런 이야기를 나누다 보니, 10분도 되지 않아 일종의 '틈'이 보이기 시작했습니다. 말과 말이 자연스럽게 이어지지 않고 뚝뚝 끊기는 것이었습니다. 예컨대 이런 식으로 말이지요.

"제가 얼마 전에 ○○○라는 책을 읽었거든요. 그런데 글로 못 쓰겠더라고요. 그래서 숙제도 못 냈어요." 현수 씨가 이 말을 완성하기까지는 대략 1분 정도가 걸렸습니다. 그의 말하기에는 틈새가 많았습니다. 귀 기울여 들어보니, 그의 말뜻은 이랬습니다. "제가 얼마 전에 ○○○라는 책을 읽었거든요. 원래 좋아하는 분야라 단숨에 읽었어요. 내용이 너무 좋아서, 글로 정리하려고 했는데 막상 해보니 잘 안됐어요. 마침, 교수님께서 과제로 서평을 써오라고 하시는 거예요. 어찌나 막막했는지. 결국에는 숙제를 못 냈어요. 책은 재미있었는데 말이지요. 정리가 안 되는데 무엇이 문제일까요?"

자기 상황을 모르는 사람에게 이야기할 때는 위와 같이 풀어주어야 합니다. 하지만 현수 씨의 말은 마치 자신은 알고 있지만 상대는 모른다는 전제가 없는 것처럼 보였습니다. 말의 틈새는 습관이나 논리 부족의 문제일 수도 있습니다. 대충 말하는 습관 때문이기도 하고, 인과를 고려하지 않는 버릇 때문이기도 합니다. 따라서 말을 받아 써보면 틈이 보입니다. 이와 관련해서는 사이토 다카시의 '강' 이론을 참고할 만합니다. 그는 『1분 감각』에서 다음과 같이 말합니다.

화자와 청자 사이에 강이 흐르는 이미지를 그려보자. 그 강을 건너면 화자의 메시지를 받아들일 수 있는데 헤엄쳐 건너기에는 무리가 있다. 강을 건너려면 디딤돌이 몇 개쯤 필요한데, 그 디딤돌을 놓는 작업이 바로 말하기의 근본이다. 여기서 말하는 강은 화자와 청자 사이에 존재하는 지식의 단절이라고 생각하면 된다. 땅끼리 완전히 잇닿아 있는 이야기, 즉 빤한 이야기는 들어도 재미가 없다. 쉽게 말해서 인간은 자신이 건널 수 없는 강을 디딤돌을 밟고 건너서 이제까지 몰랐던 건너편의 것을 알고 싶어 하기 때문이다. 특히 수준 높은 이야기를 할 때 적당한 곳에 디딤돌

을 놓지 않으면 청자는 도중에 강에 빠지고 만다. 더 심각
하게는 화자가 자신과 청자 사이에 강이 있다는 암시조차
주지 못할 수도 있다. 즉 이야기의 주제가 무엇인지도 제
시하지 못하는 것이다.

결국 글쓰기란 이야기의 문제입니다. 자신의 이야기를 풀
어내지 못하면, 글쓰기도 어려울 수 있습니다. 서평 쓰기로
고민하는 현수 씨에게 제가 권한 건 독서모임이었습니다. 글
쓰기 전에 말과 먼저 친해지기! 도서관에서 진행하는 독서모
임부터 나가보라고 했습니다. 시간은 걸리겠지만, 분명 달라
질 테니까요.

저는 글쓰기 문제로 고민하는 사람들에게 글쓰기 책이나
강의보다 말하기 연습을 추천합니다. 때로 글이 풀리지 않을
때, 잘 쓴 글을 필사해보기도 하잖아요. 말로 잘 정리하는 사
람과 대화를 하거나 관찰하다 보면 자신도 모르는 사이 실력
이 늘기도 합니다. 이야기를 잘하는 가장 좋은 방법은 자주
해보거나, 잘하는 사람을 관찰하고 모방하는 것입니다.

이때 필요한 유일한 자질은 인내입니다. 매일 꾸준히 연습
하면 가능합니다. 반복과 연습은 가장 빠른 지름길입니다.

04

책을 읽어도 정리가 안 된다?

⋮

제 자리는 늘 어수선합니다. 일 핑계를 대고, 어지르기 일쑤입니다. 정리라는 게 매일 양치질하듯 습관화되어 있어야 하는데, 집안 행사처럼 하니 늘 산만합니다. 그런데 동료의 책상은 늘 깔끔합니다. 그에겐 정리가 일이 아닌 습관입니다. 그는 매일, 어쩌면 매시간 정리하고 있는 듯합니다. 쓴 물건은 제자리에, 보던 책도 제자리에 둡니다. 읽던 책, 읽을 책, 이제 온 책을 구분해 정리합니다. 언제나 책도 빨리 찾고, 책상도 깔끔합니다. 저처럼 일 삼아 정리하는 법이 없습니다. 그에게 정리는 습관이자, 생활이기 때문입니다.

글도 마찬가지입니다. 정리나 요약을 해본 사람이나 자주 하는 사람은 다릅니다. 1년에 한두 번 정리하는 글을 쓰는 게 다라면 10년이 걸려도 나아지지 않습니다.

언젠가 필력이 남다른 기자를 만났습니다. 비슷한 사연을 소개해도, 그가 쓰면 빛이 났습니다. 담백하고 힘 있는 글이었습니다. "어떻게 하면, 글을 잘 쓸 수 있나요?"라는 질문에 그의 답은 명쾌했습니다. "매일 쓰면 됩니다." 그의 단단한 필력은 매일 쓰기의 산물이었습니다. 매일 취재한 기사, 인물 이야기, 사건 사고를 정리 요약하는 글을 쓴 거죠. 그는 읽은 책 정리나 영화 감상평도 한두 시간이면 쉽게 쓴다고 합니다.

그런 그도 처음에는 글을 너무 못 써서 편집장에게 굴욕을 당할 정도였다고 합니다. "너처럼 못 쓰는 ××는 처음 봤다!" 하지만 지적받은 부분을 꾸준히 개선하다 보니 오늘에 이르렀습니다. 그는 첨삭이나 지적을 두려워하지 말라고 합니다. 누군가가 자기 글을 봐주기만 한다면 절을 해야 한다는 말도 덧붙였습니다.

책을 읽어도 정리가 안 되는 사람은 어떨까요? 정리가 어렵다는 이유로 독후 활동을 하지 않습니다. 막막하다 생각하면 방법을 찾아야 하는데 다른 글을 잘 보지 않습니다. '영향을 받는다'는 핑계부터 내세웁니다. 잘 정리된 글을 보고 연습해야 하는데, 남의 생각에 휘둘리기 싫다며 애쓰지 않습니다. 이런 분들에게는 근본적인 원인 분석과 처방이 필요합니다.

책을 읽은 후 정리하는 글에는 여러 가지가 있습니다. 목적과 분량, 형식에 따라 짧은 메모가 될 수도 있습니다. 카카오스토리나 페이스북에 올리는 단상이 이와 비슷합니다. 여기서 한발 더 나아가 중요하다고 생각된 부분을 옮겨 적고 단상을 붙이는 발췌도 있습니다. 그다음은 자기 생각을 쓰는 독후감입니다. 책을 읽으며 떠오른 다양한 생각을 에세이처럼 풀어 쓰면 됩니다.

마지막으로 말씀드릴 것이 서평과 비평입니다. 이것은 나자신을 떠나 독자에게 닿는 글쓰기입니다. 좋은 책을 읽은 후 누군가에게 소개하고 싶어질 때 쓰는 글이 서평입니다. 좋아하는 책을 추천하고 나면 기분이 좋아질 수밖에 없습니다. 충만한 감정이 쌓여 자신감도 올라가고요.

서평의 구성 요소 중 '요약'은 많은 분들이 어려워하는 부분입니다. 요약이 어려운 원인을 분석해보니 다음과 같았습니다.

· 다 중요하다고 생각된다

· 책의 핵심이 무엇인지 모르겠다

· 책의 개괄을 이해하지 못하겠다

· 자신의 생각을 표현할 어휘력, 문장력이 부족하다

· 자신의 요약 실력에 회의를 느낀다

　잘 살펴보면 이중 상당수가 읽기의 문제라는 것을 알 수 있습니다. 결국 요약정리는 읽기의 현주소입니다. 그래서 가장 잘 알고, 즐겨 읽는 책부터 요약해보는 게 좋습니다. 잘 모르는 책, 어려운 책은 이해하기에도 바쁘니까요. 어린이 책, 청소년 문학, 장르소설, 자기계발, 인문, 종교서 등등 무엇이든 좋습니다. 즐겨 읽던 책부터 정리해보는 겁니다. 요약이 수월한 책부터 정리해나가는 것이 서평 쓰기의 기본이자 지름길입니다.

　예를 들어볼까요? 사회학 에세이 『단속사회』(창비, 2014)를 읽었다고 합시다. 학생 A는 사회학 초보인 데다 저자 엄기호의 책도 처음이며, 평소 사회문제에도 별 관심이 없었습니다. 학생 B는 평소 사회학 책을 즐겨 읽고, 저자의 전작도 읽었습니다. 물론 사회 문제에도 지대한 관심을 갖고 있었습니다.

두 학생에게 이 책을 요약해보라고 하면 어떨가요? 결과는 쉽게 예측할 수 있습니다. 이 책을 읽는 것 자체가 어려운 A에게 요약정리는 피하고 싶은 숙제일 것입니다. 반대로 B는 흥미롭게 책을 읽는 것은 물론, 쉽게 요점을 파악하고, 정리할 수 있습니다. 책에 대한 자기 생각도 거침없이 쓸 수 있습니다. 왜일까요? '할 말'이 많기 때문입니다.

돌아갈 방법이 없는 것이 독서와 글쓰기입니다. 수많은 독서법 책이 나와 있지만, 결국 내 식대로 읽게 되는 것처럼요. 그럼에도 사람들은 더 잘 읽고 싶어 하고, 요약도 잘하길 바랍니다. 이를 위해 저는 간단한 방법을 제안하려 합니다. 바로 우선순위 요약법입니다. 물론 써야 할 글이 독후감인가 서평인가에 따라 그 방법도 다릅니다. 아래의 표를 볼까요?

독후감 요약을 위한 우선순위	서평 요약을 위한 우선순위
상 내가 가장 인상 깊게 읽은 부분	상 저자의 의도와 책의 핵심
중 내가 다음으로 인상 깊게 읽은 부분	중 내가 가장 중요하다고 느낀 부분
하 저자의 의도나 책의 핵심	하 내가 다음으로 중요하다고 느낀 부분

▲ 우선순위 요약법

보다 자유롭고 감상적인 글이 독후감이라면 추천을 중시하는 서평은 보다 객관적이고, 균형적이어야 합니다. 어떻게 보면 책 읽는 습관까지 바꿔주는 글이 바로 서평입니다. 전에는 자신이 좋아하는 부분만 밑줄 치고 내용을 옮겨 적었다면, 서평은 한발 더 나아가 책의 의도를 읽어야 합니다.

잘 읽히지 않는다면 책 수준을 내리는 것도 방법입니다. 다른 서평을 참고로 해도 좋고요. 독후감이든 서평이든 요약정리는 반드시 거쳐야 하는 부분입니다. 자신에게도 필요하지만, 책을 읽지 않은 독자에게도 필요한 정보니까요. 너무 길지 않게, 과하지 않게, 요약하는 습관은 물론 책 고르기부터 점검해야 한다는 것을 기억해둡시다.

05
책을 읽어도 변한 게 없다?

:

"책을 읽으면 뭔가 달라지는 게 있어야 하는데, 변한 게 없는 것 같아요……."

　독서는 많은 비용이 드는 취미는 아니지만 집중력과 시간, 체력을 필요로 합니다. 여기에 글까지 쓰려면 더 많은 시간과 에너지, 집중력이 필요하겠지요. 순수하게 좋아서 하는 취미임에도 때로는 '내가 이걸 왜 하고 있지?'라는 회의가 들 수도 있습니다. 실제로 '책을 읽는데도 왜 나는 달라지지 않는가?'와 같은 고민을 하는 사람이 많습니다. 저는 이런 분들에게 반드시 글쓰기를 권합니다. 글쓰기는 인문 공부의 첫걸음이자 종착지로, 자신을 성찰하는 최고의 공부니까요.

'변한 게 없다, 나아지지 않는다'는 고민에 빠졌다면 본인의 책장을 살펴보길 바랍니다. 어쩌면 자신과 맞는 책, 당장 써먹을 게 있는 책만 읽었던 건 아닐까요? 사실은 제목과 저자만 바뀐 '같은 책'을 여러 권 읽고 있는 건 아닐까요. 다른 생각이나 험한 벽에 부딪혀보려 하지 않으면 각성이 부족할 수 있습니다. 다른 생각, 다른 세계로의 항해를 겁내지 마세요. 낯선 배경지식에 움츠리지 마세요. 우리에게는 검색기와 수많은 책이 있습니다. 얼마든지 항해를 떠날 수 있습니다.

책을 읽은 후에 토론도 글쓰기도 하지 않는다면 기억은 금방 휘발됩니다. 책의 내용이 잊혀지는 속도는 개인에 따라 다르지만, 결국에는 소멸됩니다. 디지털 기기가 보편화됨에 따라 망각 속도는 더욱 빨라졌습니다. 과식하듯 이것저것 들춰보고 다 읽은 듯한 착각에 빠져봤자 3일을 못 갑니다. 기억하기 위해서가 아니라, 체화하기 위해서도 토론과 서평은 필수입니다. 생각을 진지하게 정리하는 시간이 반드시 필요합니다. 대충 읽고 꽂아둔 책에서는 어떤 각성이나 성찰도 기대하기 어려우니까요.

최근 한 대학에서 만난 학생이 물었습니다. "책을 깨끗하게 보고, 간직하는 걸 정말 좋아하는데 글도 잘 못 쓰고 생각도 깊어지지 않는 것 같아요." 해맑은 미소의 그녀에게 모범생의 향기가 났습니다. 제가 물었습니다. "책을 읽으며 줄을 치거나, 접거나, 메모하진 않나 봐요?" 돌아온 학생의 답. "네, 어릴 때부터 책에 낙서하면 부모님이나 선생님이 혼내셨잖아요. 그런 기억 때문인지 책엔 표시를 못 하겠어요."

그녀에게 책은 아직 장식품에 불과한 것 같았습니다. 자기 생각을 입히고, 체화시키긴 어려워 보였습니다. 이 학생에게 권한 것도 서평 쓰기입니다. 처음엔 어렵겠지만, 한 단락 서평부터 시작한다면 충분히 쓸 수 있습니다. 많이 쓰고, 멋지게 쓰려는 강박에서 벗어난다면 누구나 자기 생각을 쓸 수 있습니다. 충분한 각성을 경험하고, 성장할 수 있습니다.

토론과 서평은 제3자를 전제로 합니다. 내가 누구인지, 내 생각이 무엇인지 객관적으로 조망할 수 있는 최고의 공부입니다. 특히, 서평은 말보다 어려운 글쓰기로 사람들이 기피하는 연습 중 하나입니다. 대부분의 사람들이 책을 읽긴 하지만, 서평까지 쓰진 않습니다. 하지만 글을 쓰는 동안 변하는 자신을 보게 된다면 결코 멈출 수 없는 것이 바로 서평이기도 합니다.

저는 서평을 쓰기 전과 후로 삶을 나눌 정도로 큰 변화를 겪었습니다. 예전에는 좋아하는 책만 읽고 행복하면 그뿐이라 생각했지만, 더 이상 나아지지 않는 정체기에 빠진 후에, 토론과 서평 쓰기 모임에 나가기 시작했습니다. 매월 다른 분야의 책을 읽었는데요. 제가 싫어하는 분야의 책을 읽고 서평까지 쓰려니 죽을 맛이었습니다. 몇 번이고 그만둘까도 생각했습니다.

시간도 없는데 내가 왜 이리 읽기 싫은 책을 잡고 있나, 왜 글까지 써야 하나 회의가 밀려왔습니다. 좋아하는 책만 읽어도 부족한 삶인데 말이죠. 그러나 언제까지나 달콤한 사탕만 물고 있을 순 없는 법. 사고의 정체기에서 벗어나고자 이를 악물고 모임에 참여했습니다. 스스로 만족스럽지 못한 서평을 들고 모임에 갈 땐 자존감이 바닥을 쳤어요. '사람들이 내 서평을 보고 뭐라고 할까? 얼마나 비웃을까?'라는 자책이 저를 괴롭혔습니다. 그러나 돌아올 땐 늘 기분이 좋아지고 충만해져서 자존감이 올라갔습니다. 새로운 앎으로 나아가는 희열을 맛본 거죠.

그렇게 5년간 함께 읽고, 토론하고, 쓰는 시간들을 통해 배운 것은 단순히 말 잘하고, 글 잘 쓰는 법이 아니었습니다. 사람을 이해하는 공부였습니다. 수시로 책에 나온 상황이 제 삶에 등장했습니다. 그럴 땐 책의 한두 구절이 떠오르며 자연스럽게 실천으로 이어졌습니다.

최근 결혼을 앞둔 친구의 고민을 들었습니다. 남자친구와 결혼을 앞두고 있는데, 그와 여러모로 생활 습관이 맞지 않아 고민이라는 겁니다. 그런데 잘 들어보니 단순한 생활 습관이 아니라 삶을 바라보는 가치관에 많은 차이가 느껴졌습니다. "꽃을 선물받고 싶다. 3,000원짜리도 좋다"는 여자친구의 말에 "아무 소용없는 꽃을 뭐하러 사려고 하느냐?"며 따져 물었다는 남자친구. 결국 한바탕 싸운 후 남자친구는 밋밋한 화분을 사왔습니다. 그러면서 했던 말 "이제 됐지? 이건 오래 키울 수 있을 거야." 단순히 기분을 못 맞춰주는 센스 부족남이 아니라, 자기 고집을 꺾지 않는 모습이 보였습니다. 함께 고민해야겠다는 생각에 만남을 자처했습니다. 이때 제 실천을 부추긴 건 사회학자 엄기호의 『단속사회』였습니다.

철학자 김영민은 이런 우정을 '서늘한 관계'라고 부른

다. 그는 우정을 동무 즉, 같은 것이 없는 관계라고 말한다. 그런데 정작 우리의 현실에서는 자신과 아무리 친한 사람이라 하더라도 막상 인생의 중요한 결정을 내려야 하는 대목에서는 '네 자신의 결정을 존중한다'라는 말을 건네며 뒤로 물러서버리는 경험을 많이 하지 않았던가? 오지랖 넓게 아무 일에나 끼어드는 사람도 밉상이지만 친구의 고민 앞에서 자신이 책임질 수 없다는 이유로 뒤로 물러서는 것도 비겁해 보인다. 철학자 김영민의 이야기대로라면 이들은 친구가 아니다.

엄기호에 따르면 내가 책임질 수 없다는 이유로 뒤로 물러나는 건 비겁한 인간일 뿐, 친구라 볼 수 없습니다. 저는 친구가 불쾌해하더라도 만나는 게 맞다고 생각했습니다. 직접 만나 이야기를 나눴습니다. 여러 문제를 끌어내 대화의 장에 올렸습니다. 비난 대신 공감을, 지적 대신 경청을 하고 노력했습니다. 『단속사회』가 준 선물이었습니다. 실천으로 나아가지 못하면, 지적 허세에 그칠 뿐입니다.

06

이젠, 출력 독서법이다!

:

세상의 모든 마감은 그 존재만으로 위대합니다. 마감은 초인
적인 집중력과 잠재력을 끌어내는 '위대한 약속'입니다. 하염
없이 미뤄뒀던 일도, 마감 앞에서는 놀라운 속도로 진행됩니
다. 소설집을 내는 작가들을 볼까요. 대부분이 문예지에 실은
단편을 모아 책을 내곤 합니다. '마감'이 일군 귀한 밀알이죠.
비문학 저술가 중 여럿은 칼럼을 엮어 책을 냅니다. 신문, 잡
지에 투고한 글 묶음입니다. 모두 마감이 낳은 산물입니다.

일반인에게도 마감은 필요합니다. 마감은 일종의 '출력'이라 할 수 있습니다. 출력을 위한 모든 행위는 관객을 고려합니다. 토론이라면 청자를, 글이라면 독자를 고려해야 합니다. 반대로, 청자 없는 말은 수다로 흐르고 독자 없는 글은 고백에 그칠 수 있습니다. 의사소통에 어려움을 겪는 분이라면 반드시 출력을 경험해야 합니다. 본인의 말과 글, 생각이 어떻게 전달되는지 목격할 필요가 있습니다. 청자의 반응, 독자의 반응을 유의 깊게 보면 되니까요. 내 생각이 잘 전달된다면 문제가 없지만, 아니라면 다듬어야 합니다.

『기다림』(시공사, 2007)의 작가 하진은 명문장가로 유명합니다. 중국인임에도 완벽한 영문소설을 쓰는 작가죠. 퓰리처상을 받은 그의 문장은 담백하며 유려합니다. 어느 날, 우연히 하진의 작품을 담당했던 편집자를 만났습니다. 그의 팬이라는 제게 편집자는 이렇게 말했습니다. "한 문장을 100번쯤 고친다고 합니다." 순간, 아찔했습니다. 하진의 치열한 태도에 반하고 만 것입니다. 타고난 재능이 아닌 꾸준한 퇴고로 완성한 문장이니까요. 마치 수행자처럼 자기 문장을 고치는 작가의 얼굴을 떠올리니 뭉클했습니다. 문득 이런 질문이 떠올랐습니다. 독자가 없었어도 100번의 퇴고가 필요했을까?

그만큼 독자는 무서운 심판관이며, 냉정한 비평가가 아닐까?

하지만 독자란 참으로 고마운 존재이기도 합니다. 글의 품질을 높여주는 애정 어린 감시자이고요. 그들이 있기에 우리는 조금 더 노력하게 됩니다. 잘 보이기 위해서 애를 씁니다. 이런 연습이 우리를 담금질하고, 성숙케 합니다.

그렇다고 해서 보이기 위한 글을 쓸 필요는 없습니다. 자신의 내면에 집중하되, 본의가 왜곡되지 않도록 다시 정리하고 다듬으면 됩니다. 서평 또한 이런 과정을 거쳐 완성됩니다. 책을 읽지 않은 사람이라면 자칫 몰입하지 못하거나 지루할 수 있습니다. 서평자의 의사를 잘못 이해할 수도 있고요. 그래서 서평은 독후감보다 더 많은 공이 들어갑니다. 읽는 사람이 오해하지 않도록 분명하고 구체적으로 책을 설명합니다. 자기 견해가 명쾌하게 전달될 수 있도록 고칩니다.

이를 통틀어 '출력 독서법'이라 할 수 있습니다. 출력을 고려한 독서라는 뜻입니다. 어린이부터 청소년, 성인 누구나 자신이 '고급 독자'가 아니라고 판단된다면 출력 독서법을 권합니다. 이 과정을 거치다 보면 생각하는 힘을 기를 수 있습니다.

물론, 보기에 따라 조금 피곤하게 느껴질 수도 있습니다. 내용만 파악하면 되지, 굳이 그렇게까지 진지해질 필요가 있느냐고 반문할 수도 있고요. 하지만 우리가 글을 쓸 때 겪는 어려움이 무엇인지 떠올려본다면 출력 독서법에 공감할 수밖에요. 바로 생각, 문제의식, 남다른 관점 부족이 결정적 한계잖아요? 더 이상 쓸 것이 없다고 느낄 때, 더 이상 생각이 나아가지 못할 때, 내용이 빈약하다고 느낄 때 우리는 생각의 한계를 느낍니다. 생각하는 습관이 배었다면 쉽게 쓸 수 있는 글도 한 두 문장에 쩔쩔 매는 자신을 보게 됩니다.

그렇다면 구체적인 출력 독서법의 과정은 어떻게 이뤄질까요?

▲ 출력 독서법의 과정

책은 최소 두 번은 정성 들여 읽어야 합니다. 1차 독서 후엔 밑줄과 표시를 따로 빼서 정리합니다. 필사나 발췌 연습이 되겠지요. 1차 독서 후에는 '조사' 단계로 들어갑니다. 무엇을 조사할까요? 그렇죠. 이 작품의 배경, 작가 연구, 작품 해석, 언론이나 일반 독자의 서평을 살펴보는 과정입니다. 물론, 조사 결과에 영향을 받을 수도 있습니다. 나름대로 해석해보려 했는데 관련 자료와 리뷰에 휘둘린다면 조사 결과를 생략해도 됩니다. 하지만, 다른 리뷰를 보고 오히려 보는 관점이 넓어졌다면 조사 과정을 거쳐야겠지요. 다른 글을 읽으면서도 나의 감각을 깨워야 합니다. 내 생각을 단단히 곧추세우는 파수꾼이 되어야 합니다.

이제, 다시 책을 펼 차례입니다. 다시 편 책의 상태는 어떨까요? 1차 독서할 때 밑줄 긋거나 표시하거나 메모한 부분이 있을 수 있겠지요. 자칫 그 부분만 대충 읽게 될 수 있어요. 이땐, 표시한 부분을 다시 보는 습관이 필요합니다. 책의 핵심적인 내용인지 집필 의도가 잘 반영된 부분인지, 아니면 내 생각을 잘 표현한 구절인지 객관적으로 봐야 합니다. 또한 표시하지 않은 부분을 더 깊게 들여다볼 필요가 있습니다. 대부분 밑줄을 치거나 표시를 하지 않은 경우는 공감을 하지 못했거나 어려워서 넘어가게 되니까요. 내가 알지 못하거나 불편해하는 것이 무엇인지 확인할 필요가 있습니다.

이렇게 꼼꼼히 2차 독서를 하면서, 빠른 독자는 서평의 얼개를 짜기도 합니다. 그게 어려운 분들은 2차 독서에서 발견한 이 책의 주요 키워드 혹은 내 서평에 담고자 하는 주제 키워드를 찾으시면 됩니다.

> 집을 떠난다는 것은 제2의 탄생을 뜻한다. 제1의 탄생은 하나에서 열까지 모두 부모 의지에 따른 것이지만, 제2의 탄생은 그 전권을 자식이 쥔다. 이 때문에 인생 최대의 사건이며 한없이 위대한 행위일 수 있는 것이다. 그리고 그것은 진정한 삶을 쟁취하느냐 마느냐의 분기점이기도 하다. 성인이 되었다는 표식은 집을 나가는 것이다. 요컨대 집을 떠나는 것이 성인식인 셈이다.

위의 글은 마루야마 겐지의 『인생 따위 엿이나 먹어라』(김난주 옮김, 바다출판사, 2013)의 한 대목입니다. 여기서 주제 키워드를 뽑자면 '자립'일 수 있습니다. '자립'을 주제로 주요 부분을 고르고, 이를 일관성 있게 엮으면 개성 있는 서평이 됩니다. 서평자는 하고 싶은 말을 정리한 것이고 독자 입장에선 주제가 선명한 서평을 읽은 셈입니다. 출력을 고려한 독서는 진지하고 정밀합니다. 그럼 이제 편의적, 겉핥기 독서에서 벗어나 출력독서법으로!

CHAPTER 2

독후감에서
서평으로

황선애

01

독후감쓰기, 왜 어려울까

'독후감'하면 어떤 생각과 느낌이 떠오르나요? 끙끙대며 써내야 했던 힘든 숙제, 지긋지긋했던 과제? 독후감을 즐거웠던 경험으로 기억하는 분은 아마 많지 않겠죠. 할 말은 별로 없고, 재미없게 읽은 책에 대해 글까지 써내야 하는 고역. 독후감을 '부담스러운 숙제'로 '마지못해 해낸 글쓰기'로 기억하는 분이 적지 않을 것입니다.

어쩌면 이런 경험 때문에 책과 담을 쌓게 된 분도 있을 수 있습니다. 요즘 아이들도 독후감 쓰기를 좋아하지 않는 건 마찬가지인 것 같습니다. 책 읽기에서 멀어지고, 독후감 쓰기는 더욱 진저리치는 아이들이 많아지고 있는데요. 독후감 쓰기가 이렇게 부정적인 경험이 되는 이유는 과연 무엇일까요?

눈높이에 맞는 책 선정과 글쓰기 교육

요즘은 어린이 책, 청소년 책이 많이 나오면서 읽을 수 있는 책들이 다양해졌지만, 여전히 권장도서나 필독서 목록에 올라와 있는 책은 고전이 다수를 이루고 있습니다. 그런데 소위 고전이라 일컬어지는 책을 제대로 읽어낼 수 있는 아이들이 얼마나 될까요?

중학교 아이들과 독서토론 수업을 한 적이 있는데, 카프카의 「변신」을 읽었다는 아이들이 많아서 놀랐습니다. 그것도 초등학교 때 읽었다고 해서 더 놀랐습니다. 「변신」은 어느 날 아침 벌레로 변한 주인공이 가족으로부터 소외되면서 결국 죽는다는 내용입니다. 가족을 먹여 살리던 주인공이 벌레로 변해 쓸모없어지자 가족으로부터 외면당하는 이야기에 아이들이 얼마나 공감을 했을지 의문입니다. 물론 아이들 나름대로 이해할 수 있는 면도 있겠지만, 「변신」이 정말 어린이들이 읽어야 할 도서로 권장할 만할까요?

　청소년 권장도서 목록에 빠지지 않고 들어 있는 헤르만 헤세의 『데미안』은 또 어떤가요? 주인공 싱클레어의 성장 과정을 그리고 있지만, 자신을 찾아가는 과정에서 보여주는 복잡한 심리와 인간관계, 또 1차 세계대전이라는 유럽의 역사적 정황을 배경으로 하는 이 소설은 결코 만만치 않은 작품입니다. 실제로 이 책으로 어른들과 독서토론을 해도 어렵다고 하는 분들이 있을 정도입니다.

　권장도서나 필독서에 소개된 고전을 읽어야 하는 아이들은 고전을 지루하고 어려운 책, 재미없는 책으로 간주하고 점점 더 책에서 멀어지곤 합니다. 잘못된 책 선정, 필수도서, 권장도서로 인해 책 읽기에 흥미를 잃은 상황에서 글쓰기 과제까지 해내야 한다면 독후감 쓰기는 악몽이 될 수 있습니다.

　그런데 여기에 또 다른 문제가 추가됩니다. 아이들은 독후감을 어떻게 써야 할지 난감해한다는 것입니다. 그 이유는 기본적으로 학교에서 글쓰기 교육이 제대로 이루어지지 않기 때문입니다. 초등학교 저학년의 경우는 일기 쓰기, 고학년으로 올라가면 독후감 쓰기가 숙제로 주어지는 게 글쓰기 교육의 전부를 차지하고 있습니다. 글쓰기를 수업에서 시간을 내서 가르쳐주는 일은 거의 없지요. 아이들은 일기와 독후감을 무조건 써내야 합니다. 이런 상황이다 보니 아이들에게 글쓰기는 큰 부담이 됩니다. 독후감을 어떻게 써야 할지 막막하고 어렵게 느끼는 것입니다.

과거 산업화 시대에 교육은 지식 습득을 목적으로 했고, 창의성이나 사고력 훈련에 크게 신경을 쓰지 않았습니다. 지금 40~50대 부모 세대들은 학창 시절에 제대로 글쓰기를 배운 경험이 별로 없을 것입니다. 수업 시간에 글쓰기를 지도하는 경우도 거의 없었지만, 설혹 글쓰기를 했을 경우도 선생님이 첨삭을 하거나 피드백을 해준 경우는 드물었지요.

지금은 창의력과 사고력이 강조되는 지식정보화 시대입니다. 이제는 개성이 드러나는 글쓰기가 중요합니다. 하지만 요즘도 글쓰기 교육은 이전과 크게 다르지 않은 것 같습니다. 공교육에서 글쓰기 교육과정이 따로 없고 국어 시간에는 대부분 읽기에 중점을 둔 수업이 이루어지고 있습니다. 하지만 읽기를 잘하기 위해서는 쓰기를 잘해야 합니다.

일본의 글쓰기 전문가 히구치 유이치는 『초등 글쓰기가 아이의 10년 후를 결정한다』(팜파스, 2007)에서 읽기 능력보다 더 중요한 것이 쓰기 능력이라고 말합니다. 제 힘으로 글을 써보아야 책의 내용을 제대로 이해할 수 있다는 의미입니다. 그는 '이해력'(독서)과 '표현력'(독후감)은 두 개의 바퀴처럼 함께 굴러가야 한다고 말합니다. 글을 쓰면서 의미를 추측하고 인물들의 감정을 상상해볼 수 있기 때문입니다. 즉 인풋input과 아웃풋output이 밀접하게 연관되어 상호작용을 합니다.

한국 사회에서도 글쓰기의 중요성이 인식되어 대학 입시에 논술이 도입되고, 이제는 학교 시험에 서술형, 논술형 문제 출제가 의무화되었습니다. 하지만 이를 위한 글쓰기 교육이 공교육에서 제대로 이루어지는지는 의문입니다. 또다시 부모들은 아이들의 글쓰기 교육을 위해 사교육의 힘을 빌려야 하고, 아이들은 논술학원을 하나 더 다녀야 하는 부담을 떠안게 되었습니다. 초중고 12년 동안 학교에서 글쓰기 지도를 제대로 받는다면 굳이 따로 논술학원을 다닐 필요가 없을 텐데 말이지요.

미국의 글쓰기 교육 현장을 취재한 신우성 기자는 『미국처럼 쓰고 일본처럼 읽어라』(어문학사, 2009)에서 글쓰기가 하나의 교육과정으로 자리 잡고 있는 미국의 교육현장을 보여줍니다. 국가적인 차원에서 글쓰기의 중요성이 인식되어 다양한 교사 연수 과정을 통해 아이들의 글쓰기 교육이 제대로 이루어지도록 지원하고 있다고 합니다. 학교에서는 체계 있는 글쓰기 지도가 이루어지고 있어서 아이들에게 무조건 쓰라고 하지 않고, 어떻게 써야 하는지를 잘 짜인 교안을 바탕으로 지도하고 있다고 합니다. 첨삭과 피드백은 물론이고요.

또한 글쓰기 수업에서만 글쓰기 교육이 이루어지는 것이 아니라, 모든 교과에서 글쓰기를 할 수 있도록 교과 교사들도 글쓰기 교육 연수를 받는다고 합니다. 한국에서 글쓰기 교육을 제대로 받지 못해 애를 먹는 한국 유학생들 얘기나, 한국인 조기 유학생들이 단락 나누기를 어려워한다고 말하는 미국 교사의 말은 한국에서 글쓰기 교육이 얼마나 절실하게 필요한지를 확인시켜주고 있습니다.

독일에서 아이를 키우며 그곳의 교육 현장을 몸소 경험한 박성숙의 이야기도 귀 기울여 들을 만합니다. 『꼴찌도 행복한 교실』(21세기북스, 2010)을 보면 독일에서는 초등학교 3학년부터 작문 수업이 이루어지고, 단순한 이야기 짓기에서 시작해 학년이 올라갈수록 작품 분석과 비평까지 수업에서 배운다고 합니다. 교사들은 꼼꼼하게 과제를 첨삭하고 평을 달아주며 채점을 하고, 아이들은 체계적으로 글쓰기를 연습하고 훈련한 후 대학 시험에 임한다고 합니다. 한국의 인문 고등학교에 해당하는 김나지움에서 이루어지는 작문 수업의 내용은 대학 논술 시험에 맞먹는 수준이라고 합니다. 물론 이 과정에서 사교육을 받는 아이는 한 명도 없다고 합니다. 공교육에서 모든 것이 이루어지고 있기 때문이지요.

정답 찾기 대신 독해력 키우기

한국은 어떤가요. 요즘은 대학 입시에서 아이들의 독서 이력이 평가 대상이 되고 있고, 그러다 보니 아이들은 독후감 쓰기를 스펙을 위한 과제로 해내야 한다고 합니다. 독서 토론에 참석한 특목고 학생 명수의 이야기는 우리 교육에서 독서와 글쓰기 교육이 얼마나 잘못된 방향으로 가고 있는지를 확인하게 해줍니다.

명수의 말에 의하면 학교가 책 읽기를 권장하는 차원이 아니라, 의무화해서 무조건 수십 권의 책을 읽고 독후감을 내야 한다고 합니다. 책 읽기와 독후감 쓰기가 부담스러운 많은 아이들은 대충 인터넷에서 정보를 찾아 짜깁기해서 독후감을 제출한다고 합니다. 입시 공부에 바쁜 아이들이 제대로 책을 읽어낼 시간도 없고, 제대로 지도도 받지 않은 상태에서 독후감을 써내는 게 너무 어려운 것이지요. 당연히 제출한 글에 대한 피드백은 없고, 독후감은 제출용으로 검사받고 기록되는 것으로 끝납니다.

이런 식의 독서와 글쓰기 교육에서 학생들은 무엇을 얻을 수 있을까요? 책 읽기에 흥미를 잃고, 책 읽기는 의무적으로 해야 하는 숙제라는 인식이 강하게 남게 될 것입니다. 게다가 남의 글을 베껴서 제출하는 것이 어떤 제재도 받지 않는 상황이 아이들로 하여금 '표절'에 무감각해지도록 만들지는 않을까요? 남의 지식을 아무 거리낌 없이 훔쳐 사용하는 것이 잘못되었다는 인식을 갖기 힘들 테지요. 한 번씩 터지는 대학 교수들의 '표절 논란'은 잘못된 교육이 바뀌지 않으면, 뿌리 뽑기 힘들 것입니다.

독후감 쓰기가 어려운 이유에는 주입식 교육도 원인이 될 수 있다고 봅니다. 과거 어느 때보다 치열해진 대학 입시 때문에 교육은 시험 대비 위주로 흐르고 있습니다. 정량적 평가에는 정답이 있어야 하고, 자연스럽게 아이들은 정답 찾기 훈련에 익숙해집니다. 학생 시절 내내 정답 맞추기, 모범 답안 찾기를 훈련해왔으니 자유롭게 자신의 생각을 펼치기 쉽지 않습니다. 그래서 대학생이 되어서 자신의 생각이나 주장을 써야 하는 과제를 제출해야 할 때 큰 어려움을 겪게 됩니다. 그래서 대학생들조차도 짜집기한 정보를 리포트로 내는 경우가 빈번하다고 합니다.

마지막으로 독후감 쓰기가 어려운 또 한 가지 이유는 디지털 시대를 살면서 아이들, 성인을 막론하고 책을 읽는 것부터가 쉽지 않기 때문입니다. 책과 멀어지게 만드는 것들이 주변에 넘쳐나고, 집중력이 떨어지면서 책 읽기가 점점 더 어려워지고 있습니다. 우리는 인터넷의 발달로 넘쳐나는 읽기 자료의 홍수 속에 살고 있습니다. 많은 정보의 내용을 빠르게 이해하고 나름대로 정리해서 자기 것으로 만들기 위해서는 독해력이 필요합니다.

독해 능력은 모든 지적 활동의 출발점입니다. 그 독해력은 다름 아닌 독서와 글쓰기를 통해 얻을 수 있습니다. 따라서 책 읽기와 글쓰기를 함께 하는 서평 쓰기는 인터넷 시대를 잘 살아갈 수 있는 필수적인 기초 훈련이라고 할 수 있습니다.

02

서평 쓰기, 의외로 쉽다!

⋮

디지털 시대가 책 읽기를 힘들게 하지만, 다른 한편으로는 그 어느 때보다 글쓰기를 요구하는 시대입니다. 어찌 보면 글쓰기의 일상화를 요구한다고도 할 수 있지요. 문자에서 블로그 글쓰기까지, 일상에서 글쓰기가 이루어질 수 있는 매체와 기회가 많아졌습니다. 물론 트위터나 카카오톡의 짧은 글쓰기는 압축어 및 조어를 사용하는 휘발성 글쓰기입니다. 하지만 자신의 생각을 담은 댓글 쓰기부터 블로그나 페이스북 글쓰기처럼 본격적으로 자신만의 이야기와 관심거리를 글로 표현하는 방법은 늘어났습니다. 한동안 블로그 쓰기가 유행처럼 번졌고, 서평 블로그를 비롯해 다양한 블로그가 생겨났습니다.

독후감과 서평의 차이

이전에는 비평가, 작가 등 지식층 전문가들이 인쇄 매체를 통해 서평을 쓰는 경우가 대부분이었지만, 이제는 누구나 책을 읽고 글을 써서 발표할 수 있는 시대가 되었습니다. 블로그에 서평을 꾸준히 쓰다가 출판사나 잡지사 편집자의 눈에 띄어 작가나 필자로 등단하는 사람들도 생겼습니다. 책을 좋아하고 글쓰기에 관심이 있다면 서평 쓰기야말로 가장 먼저 시작해볼 수 있는 글쓰기 훈련입니다.

한국의 서평가 1호는 작가 장정일 씨라고 할 수 있습니다. 그는 1994년부터 독서 일기를 발표했고 지금까지 꾸준히 서평집을 내고 있습니다. 20년간 서평을 써온 그의 글도 시간이 지나면서 변화하는 모습을 보입니다. 최근에는 대체로 시사적인 이슈와 관계되는 책을 다루고, 이와 관련해 사회비판적 서평을 주로 쓰고 있다면, 초기 서평은 좀더 다채로운 형식을 보여줍니다. 이처럼 문학 비평가나 작가들은 제각각의 색깔을 띠면서 관점이 뚜렷하고 자유로운 형식의 서평을 씁니다. 하지만 이렇게 자유롭게 쓰는 건 그만큼 내공이 있기 때문입니다.

또 다른 형태는 최대한 객관적인 정보만을 제공하는 서평입니다. 일본의 독서가 다치바나 다카시는 객관적인 정보를 주는 것이 서평의 목적이라고 말합니다. 한국의 대표적 인터넷 서평꾼 로쟈 이현우도 책의 핵심적인 내용을 전달하는 객관적인 서평 쓰기를 지향합니다. 이밖에도 신문 매체에 실리는 저널리즘적 서평도 대체로 객관성을 추구합니다. 하지만 북섹션에서 볼 수 있는 서평은 다양한 형태를 띱니다. 한 문단 내용 요약 소개부터 필자의 생각이나 관점이 드러나는 칼럼형 서평까지 스펙트럼이 넓습니다.

이 책에서는 책을 읽고 나서 생각을 정리해보고 싶다는 분들을 위한 서평 쓰기를 다룹니다. 서평 쓰기가 어렵고 두려운 초보자가 쉽게 접근할 수 있는 방법이 있습니다. 일정한 틀을 사용하는 방법입니다. 독후감 쓰기가 어려웠던 이유는 어쩌면 틀이 제공되지 않았기 때문은 아닐까 싶습니다.

독후감과 서평의 차이는 크게 주관적, 객관적, 또는 나를 위한 글과 소통을 위한 글쓰기의 차이라 할 수 있습니다. 독후감은 책 읽은 소감으로 나의 느낌이나 생각을 여과 없이 표현하는 것이라면, 서평은 객관적인 정보나 책 내용이 주가 된다고 보면 됩니다. 물론 '나'의 생각도 들어갑니다. 하지만 서평의 3분의 2는 객관적 정보, 나머지 3분의 1은 주관적 평가가 들어간다고 생각하면 됩니다. 이에 반해 독후감은 주관적 생각이나 느낌이 대부분을 차지한다고 할 수 있습니다.

우선 서평에서는 책에 대한 정보를 스토리텔링하듯 요약 정리하면 되고, 그다음에 책에 대한 평가를 덧붙이면 됩니다. 이때 주관적 평가를 너무 어렵게 생각할 필요는 없습니다. 전문적인 서평의 경우가 아니라면 책을 깊이 파고들거나, 맥락을 보여주고 다른 책과 비교할 필요는 없습니다. 그냥 책에 별점을 준다고 생각하시면 됩니다. 내가 이 책을 누군가에게 추천한다면, 혹은 추천하지 않는다면 왜 그런지 이유를 생각해보는 것입니다. 이유를 몇 가지로 정리하다 보면 책에 대한 나름대로의 평가가 만들어집니다. 서평 글쓰기는 문학적 글쓰기가 아니기 때문에, 글 자체에 대해서도 크게 부담을 가질 필요가 없습니다. 저널리즘 글쓰기처럼 쉽고 명쾌하게 쓰면 됩니다.

사실 서평 쓰기는 한 가지 주제를 주고 글을 쓰는 '작문'보다 훨씬 쉽다고 할 수 있습니다. 주제에 맞는 글쓰기는 모든 걸 자신의 경험에서 풀어내야 하지만, 서평은 책이라는 글감이 주어져 있기 때문입니다. 책에 대한 글이니까 일단 책의 내용을 잘 요약정리하면 되고, 그다음에 자신의 생각을 추가하면 됩니다.

서평의 기본 틀

책을 소개하는 서평에는 다양한 형태가 존재합니다. 한 줄 서평, 100자 서평, 한 문단 서평 등 다양하지요. 짧은 서평에서는 책의 내용을 짧게 요약하는 식으로 책의 핵심적인 내용을 한두 문장, 길어도 서너 문장으로 압축합니다. 신문의 책 소개란에서도 두 문장 정도로 짧게 내용을 요약한 것들을 볼 수 있습니다.

『엄마 냄새 참 좋다』, 유승하 지음, 창비, 1만 3000원

만화가 유승하의 첫 작품집. 시대를 종횡하며 여성들의 기쁨과 슬픔을 만화에 담았다. 용산 철거민, 비혼모, 장애

인 인권운동가의 이야기를 따뜻한 시선으로 그려내며, 나
혜석, 허난설헌, 강주룡처럼 시대를 앞서간 역사 속 여성
을 통해 당시와 지금의 여성 문제를 비교하기도 한다.

〈한겨레〉 2014년 9월 15일자

〈한겨레〉의 '새책' 코너에 실린 책 소개입니다. 저자에 대
한 간단한 정보, 책의 핵심 주제, 주요 내용 등을 짧게 요약정
리했습니다. 여기에는 객관적 정보만 포함되어 있습니다. 이
런 책 소개에서 한걸음 나아가 객관적 정보와 필자의 주관이
포함된 서평의 예를 보겠습니다.

덴마크에서 찾은 '행복 사회'의 비밀

『우리도 행복할 수 있을까』, 오연호 지음, 오마이북, 1만 6,000원

세계 20위권 경제대국이자 경제협력개발기구(OECD) 회
원국인 대한민국. 정작 대다수 한국인들은 불행하다. 부와
명예만이 행복의 기준이 되는 사회에서, 약자인 다수의 현

실이다. 세 모녀의 비극으로 대변되는 자살과 생계형 범죄 양산은 그 방증이다. 행복한 한국 사회는 불가능한가. 오연호 〈오마이뉴스〉 대표는 덴마크에 주목했다. 유엔이 조사한 행복지수 41위 한국과 달리 인구 560만 명, 국토가 한반도의 5분의 1 크기인 이 나라가 2012~13년 연속 1위를 차지했다. 책에는 지은이가 1년 6개월 동안 세 차례에 걸쳐 300여 명을 심층 취재해 얻은 '행복 사회'의 열쇠가 담겼다. 무상의료와 무상교육, 노조 조직률 70%에 기반한 배려와 연대의 문화, 사회와 이웃에 대한 신뢰, 개인의 높은 자존감과 평등의식이 그것이다. 그 이면엔 개인의 부와 성공을 행복의 척도라 여기지 않는 문화가 자리하고 있었다. 부자들이 낸 고액의 세금은 덴마크의 탄탄한 복지 시스템을 일구는 밑거름이 되었다. 지은이의 결론은 명확하다. "덴마크가 유토피아, 신의 나라는 아니다. 불완전한 인간이 만들어낼 수 있는 최선의 나라 가운데 하나다. 장점부터 배우자." 전적으로 동감한다. 적어도 덴마크인들은 한국인보다 행복하다. '사회의 행복=개인의 행복'이라는 진중한 깨달음을 준 이 책이 고맙다.

〈한겨레〉 2014년 9월 15일자

〈한겨레〉의 '잠깐 독서' 코너에 실린 서평입니다. 첫 번째 사례와 무엇이 다른가요? 일단 제목이 눈에 띕니다. 그리고 마지막에 필자의 느낌, 생각을 짧게 적었습니다. 그 외에는 모두 책의 내용이나 객관적인 정보를 담고 있습니다. 또 한 가지 눈에 띄는 건 책의 일부를 인용하고 있는 것입니다. 발췌문을 서평 안에 넣은 것이지요. 이 짧은 서평에서 우리는 '제목, 책 내용 요약, 발췌, 소감'이 들어간 서평의 기본 구조를 볼 수 있습니다. 이렇게 틀이 있으면 서평 쓰기에 좀더 쉽게 접근할 수 있습니다.

03
주관적 글에서 객관적 글로

⋮

독후감은 자신의 생각, 느낌, 책을 읽고 연상되는 것 등을 아무런 제한 없이 쓰는 글입니다. 그래서 어쩌면 쉽게 쓸 수도 있을 것입니다. 이런 글쓰기는 자신의 생각을 나타내는 것이 주목적이고, 글을 통해 다른 이들과 소통하는 것은 부차적입니다. 하지만 누군가와 소통하고자 할 때, 특히 책을 매개로 소통할 때는 책을 객관적으로 소개하는 것이 중요합니다. 그래서 주관적 글쓰기와 객관적 글쓰기를 가르는 중요한 포인트는 '소통'이라고 할 수 있습니다. 서평을 쓰는 이유도 바로 책을 매개로 '소통'을 하기 위한 것입니다. 주관적인 감상에 그친 글은 자신과의 대화를 위해 쓸 수는 있지만, 다른 독자와의 소통까지 나아가지 못합니다.

'소통'을 위한 글쓰기

그렇다면 어떤 글쓰기가 주관적인 글인지, 어떻게 써야 좀더 객관적인 글이 되는지 알아보겠습니다. 김난도 교수의 『아프니까 청춘이다』(쌤앤파커스, 2010)를 읽고 쓴 독후감을 보겠습니다. 요즘은 인터넷서점 서평란에 독자 독후감이 많이 올라와 있습니다. 여기에 올라온 글들도 독후감과 서평으로 나눌 수 있습니다. 그 기준을 주관적/객관적 글쓰기로 해서 두 편의 글을 비교해보겠습니다.

> 고등학교를 졸업하고 또 대학에 가고, 졸업 후 작은 회사에 취직했다. 청년 백수의 시대에 어려운 관문을 뚫고 일단 취직했지만, 직장 생활 역시 만족스럽지 않다. 지금 와서 대학 생활을 돌이켜보니 아쉬운 점이 많다. 캠퍼스의

낭만을 느껴보지도 못하고 취직을 위한 공부, 스펙 쌓기에 몰두하다 보니 어느새 시간이 다 지나가버렸다. 주류에 밀리지 않으려고 안간힘을 썼다. 내가 진정 원하는 게 뭔지도 모르고, 떠밀려 살아왔다. 하지만 어느 순간 갑자기 허허벌판에 홀로 선 느낌의 고독을 느꼈다. 내 청춘은 어디로 갔는지. 그나마 나의 경우는 괜찮은 편이다. 여전히 취직도 못하고, 사회에서 도태되고 밑바닥으로 떨어질 것 같은 불안감에 힘들어하는 친구들을 보면 안타깝다. 하지만 나 역시 불안하긴 마찬가지다. 청춘이 이렇게 사라져 버리고 말 것 같은 아쉬움이 크다.

이 책을 좀 더 일찍 만났더라면 대학 시절을 좀 더 잘 보내지 않았을까. 불안에 떠는 우리 시대의 청춘들이 꼭 읽었으면 하는 잔잔한 책이다.

글쓴이는 에세이를 쓰듯 자신의 20대를 되돌아보면서 책을 좀더 일찍 만나지 못한 아쉬움을 얘기합니다. 그러면서 청춘이 읽으면 좋겠다고 책을 추천하면서 마무리하고 있습니다. 여러분은 책에 대해 어떤 정보를 얻을 수 있었나요? 글은 왜 책을 추천하는지 그 이유를 주지 않고 있고, 책이 어떤 내용인지 나와 있지 않아서 이 글을 읽는 사람은 단순히 필자의 주관적 감상과 판단에 의지해 책을 읽을지 말지 고민하게 됩니다.

두 번째 예시를 보겠습니다.

이 책은 서울대 김난도 교수가 인생의 홀로서기를 시작하는 청춘을 위해 썼다. 불안한 미래와 외로운 청춘을 보내고 있는 이 시대 젊은이들에게 보내는 편지 『아프니까 청춘이다』는 수많은 청춘들의 마음을 울렸고, 출간된 지 두 달 만에 30만 부가 팔리면서 베스트셀러로 올랐다.

이 책은 김난도 교수가 여러 매체에 기고했던 글을 비롯해 총 42편의 격려 메시지를 묶어 총 4부로 나눠 소개한다. 네이버와 싸이월드를 통해 청춘들의 공감을 얻어내는 멘토링을 해왔던 김난도 교수는 서울대학교 학생들이 뽑은 최고의 멘토이기도 하다. 그는 미래에 대한 불안감으로 힘들어하는 이들에게 따뜻한 위로의 말을 전한다. 때로는 차가운 지성의 언어로 청춘들에게 깨달음을 준다.

교수님보다는 선생님이라는 호칭을 더 좋아한다고 하는 저자는 매일 젊은 청춘들을 만나는 직업 덕분에 그들의 고민을 듣고 함께 느끼게 되었다고 한다. 이 책은 젊은 청춘들이 눈앞의 이익이 아닌 멀리 보는 지혜를 가질 수 있도록 현실적이고 핵심적인 조언을 전한다. 인생 시계에서 24세 청춘은 아침 7시 12분밖에 되지 않았다고 하면서 너무 조급해 하지 말라고 한다. 꿈을 꿀 수 있고 실패를 두려워하지 않아도 된다고 용기와 위로를 준다. 또한 자신이 원하는 것이 무엇인지 알기 위해서 독서와 대화, 여행을 하라고 구체적인 조언을 하기도 한다.

자신의 인생을 똑바로 바라보고, 시련을 두려워하지 말고 기적을 이루는 삶을 살라고 용기를 주는 이 책은 막연한 희망 메시지 대신 청춘들이 공감할 수 있는 현실적인 조언을 던진다. 미래에 대한 불안과 두려움에 떨고 있는 청춘세대에게 권하고 싶은 책이다.

일단 앞의 예시와 달리 책에 대한 객관적인 정보 몇 가지가 주어져 있습니다. 저자, 책의 중심 메시지, 책의 구성, 책이 만들어진 배경, 책 판매 관련 정보, 그리고 마지막에 추천으로 마무리하고 있지요. 물론 여기에도 책의 내용이 아주 구체적으로 제시되어 있지는 않습니다. 그럼에도 불구하고 어떤 책인지 대략적인 정보를 얻을 수 있습니다. 거기에 더해 추천하는 이유도 주어져 있습니다.

나의 입장과 객관적 정보의 균형

주관적 독후감과 객관적 서평의 차이를 보기 위해서 조금은 극단적인 두 사례를 비교해봤습니다. 두 사례에서 우리는 구성과 언어 사용에서의 차이를 볼 수 있습니다.

첫 번째 예시에는 주관적인 감상이 주를 이루고, 객관적 정보가 거의 없습니다. 게다가 두 단락으로 나뉘어져 있지만 균형이 맞지 않습니다. 책을 추천한다는 말을 그냥 던지지 않고 그 이유를 좀더 써주었더라면 문단이 균형을 이루면서 글이 좀더 객관화될 수 있었겠지요. 두 번째 예시는 그런 면에서 각 단락마다 다른 정보를 주고 있고, 구성에 어느 정도 균형이 잡혀 있습니다.

또한, 앞의 예시에서는 '나'라는 말을 통해 주관성이 드러나는 걸 볼 수 있습니다. 아무래도 자신의 얘기를 하다 보니

'나'라는 주어가 계속 등장합니다. 물론 서평에 '나'라는 말이 절대 들어가서는 안 된다는 건 아닙니다. 하지만 객관적인 글을 쓰게 되면 저절로 '나'라는 말이 줄게 됩니다. 일단 객관적인 글쓰기를 위해 '나'를 피해보는 건 어떨까요?

04
경험이 곧 질이다

우리는 언제나 무언가를 배웁니다. 어쩌면 배워야만 살아갈 수 있다고 할 수 있습니다. 아기들은 첫걸음마를 떼는 것부터 시작해서 말하기나 읽기, 글쓰기도 모두 배워야 합니다. 학교에 들어가서 말하기, 읽기, 글쓰기를 배우면서 우리는 이 세 가지를 다 배웠다고 생각합니다. 누구나 말을 하고, 읽을 줄 알고, 글도 쓸 줄 알게 되니까요. 하지만 정말 이 기술을 다 배웠다고 할 수 있을까요? 말을 할 줄 안다고 생각했지만 공공장소나 토론 모임에서 말하는 게 어렵다고 느끼신 경험이 있을 겁니다. 읽을 줄 안다고 믿었지만 책 한 권 읽어내기가 쉽지 않을 때가 있습니다. 글쓰기도 마찬가지입니다. 짧은 글이나 메모, 일기, 편지 같은 글은 쓴다고 해도, 좀더 공식적인 글을 써야 할 때면 쉽지 않음을 깨닫게 됩니다.

글쓰기에도 훈련이 필요하다

모든 배움에는 단계가 있습니다. 초보자부터 고수까지 실로 배움의 경지는 끝이 없습니다. 처음부터 잘하는 사람은 없습니다. 물론 재능이 있는 사람도 그것을 발현하기 위해서는 많은 훈련과 경험을 쌓아야 합니다. 재능을 타고난 예술가들도 끊임없이 자신을 담금질함으로써 걸작을 내놓을 수 있게 되듯이 글쓰기 역시 마찬가지입니다. 결국 재능보다 더 필요한 건 훈련입니다.

글쓰기에 대한 많은 책들도 작가가 되는 데에 재능이 꼭 필요한 건 아니라고 말합니다. 『작가 수업』(공존, 2010)을 쓴 도러시아 브랜디는 '재능은 배운다고 해서 트이는 것이 아니다'라는 선언에 맞서 '글쓰기의 비법'은 배울 수 있는 것이라고 주장합니다.

누구나 뭔가를 배워본 적이 한번쯤은 있습니다. 자전거, 수영, 농구, 등 스포츠뿐 아니라 요리, 서예, 외국어 등을 배우면서 훈련이 따르지 않으면 더 잘할 수 없다는 걸 경험합니다. 하지만 유독 글쓰기에서는 훈련이 필요하다는 생각을 잘하지 않습니다. 글쓰기는 그냥 잘할 수 있다는 착각을 합니다. 글쓰기를 하지 않아도 살 수 있으니 그럴 수도 있지만 글쓰기가 필요하거나, 글쓰기를 하고 싶어서 해보려면, 쉽지 않다는 걸 깨닫게 됩니다. 글쓰기에도 경험과 훈련이 반드시 필요합니다.

'양질전환의 법칙'이라는 말이 있습니다. 양이 질을 결정한다는 의미입니다. 어떤 일을 많이 하면 어느 순간 질적으로 도약한다는 것입니다. 글쓰기도 마찬가지입니다. 글을 많이 쓰다 보면 질적으로 좋아지게 됩니다. 처음에는 한 문장 쓰기도 힘들고, 써놓은 글이 악문에 가깝더라도 매일매일 글을 쓰면 언젠가는 글쓰기가 수월해지고 문장도 번듯해집니다.

줄리아 카메론은 『아티스트 웨이』(경당, 2012)에서 아침마다 일어나 손이 움직이는 대로 글을 써보라고 권합니다. '모닝 페이지'라고 부르는 이 방법은 글쓰기의 두려움을 없애주고, 자신 속에 잠재된 창의력을 일깨우기도 하지만 글 자체를 더 나아지게 하는 효과도 있습니다. 일기를 꾸준히 쓰는 것도 도움이 됩니다. 일기 쓰기 역시 학교 다닐 때 숙제로 내야 해서 트라우마가 있을지도 모르겠지만, 사실 일기 쓰기는 성인이 되어서 하는 게 더 의미 있는 일이 아닐까 생각합니다.

성인이 되면 여러 가지 사회적인 관계도 복잡해지고, 자신이 하는 일, 원하는 것 등 생각이 많아집니다. 생활하면서 겪은 다양한 일들, 감정의 기복 등 풀어내야 할 일도 많고요. 그렇다면 매일 자신의 생활을 돌아보면서 생각을 정리하고 감정을 표현하는 것이 중요하겠지요. '일기'라는 형식을 통해 하루를 돌아보며 글을 쓰다 보면 그냥 지나치기 쉬운 시간들이 기록도 되고, 생각과 감정을 정리하고, 미래에 대한 비전을 세울 수도 있습니다. 하지만 이런 효과들과 함께 부수적으로 얻을 수 있는 것이 글쓰기 능력의 향상입니다. 무엇보다 일기의 목적을 '매일' 글쓰기라고 한다면 말이지요.

꾸준히 쓰는 게 힘이 된다

서평 쓰기 역시 마찬가지입니다. 물론 서평은 책을 읽고 쓰는 글이라 매일 쓰기는 어렵습니다. 책을 읽기도 힘든데 서평까지 쓴다는 건 대단한 동기부여가 없이는 힘듭니다. 하지만 책을 읽고 공감하게 되면 다른 사람과 이야기를 나누고 싶어집니다. 이때 책에 대한 생각이나 느낌을 객관적으로 전달하기 위해서는 독후 활동이 필요합니다.

서평을 너무 거창하게 생각할 필요는 없습니다. 짧은 서평으로 시작해서 긴 서평으로 나아가면 됩니다. 매일 책을 읽고 글을 쓰지는 못하더라도 책을 읽고 나서는 꼭 서평을 쓴다고 생각하면 좋을 것 같습니다. 이것도 일종의 습관이니까요. 습관을 만들기 위해서라도 책을 읽은 후에는 한줄 서평이라도 써보는 것이 좋습니다. 한 줄에서 한 문단, 그리고 본격적인 서평글로 나아가면 됩니다.

서평을 쓰겠다는 생각을 하게 되면, 일단 책을 읽을 때 태도부터 달라집니다. 좀더 집중하고, 특별히 기억하고 싶은 부분에 밑줄을 긋고, 나중에 정리하고 싶은 내용을 메모하게 됩니다. 이런 식으로 책을 읽게 되면 독해력도 좋아집니다. 저자의 의도를 파악하려 애쓰고, 나아가 비평적 시각으로 꼼꼼하게 책을 읽게 됩니다. 주관적 감상에 머무르지 않고 좀더 객관적인 서평으로 나아가게 되는 거지요.

서평 쓰기를 습관화하기 위해서는 독서 일지를 써보기를 권합니다. 독서 일지는 자유로운 형식으로 읽은 책에 대한 생각이나 감상을 적어보는 것이죠. 책을 읽게 된 정황을 적을 수도 있고, 인상 깊은 부분을 발췌할 수도 있습니다. 내용을 짧게 요약해보는 연습을 할 수도 있습니다. 이렇게 독서 일지를 쓰다 보면 책을 읽고 난 후 글쓰기가 습관화되고, 이런 경험이 축적되면서 본격적으로 서평을 쓰고 싶은 마음이 들 수 있습니다.

제가 참여하는 서평 쓰기 모임에 오는 분들은 천차만별입니다. 서평 쓰기를 시작하는 분들부터 몇 년간 서평을 써오신 분들까지 다양합니다. 초보든 베테랑이든 꾸준히 하면 서평 쓰기가 점점 더 나아진다는 걸 볼 수 있습니다.

책 읽기도 서평 쓰기도 오래되지 않은 한 분은 꾸준히 글을 써오시더니, 나중에는 블로그에 올린 서평이 네이버 책 소개란에 올라가기까지 했습니다. 여전히 부족하다고 말씀하지만 그분을 보면 꾸준히 쓰는 게 정말 중요하다는 걸 알 수 있습니다. 또 한 분은 블로그에 서평을 올리던 인터넷 서평가에서 잡지에서 서평 의뢰를 받는 필자가 되기도 했습니다. 이분들 역시 서평 쓰기가 여전히 만만치 않다고 합니다. 하지만 자꾸 쓰다 보면 나름대로 노하우를 터득하게 되고, 더 이상 쓰기가 막막하게 느껴지지 않습니다.

서평 쓰기를 염두에 두고 책을 읽으면 발췌할 대목, 쓰고 싶은 주제를 생각하게 됩니다. 읽고 나면 개요를 짜고 쓰기에 돌입하게 되지요. 이를 습관처럼 하게 되면 몇 시간 안에 한 편의 글이 탄생하게 됩니다. 물론 퇴고는 더 오래 걸릴 수도 있습니다만, 무엇보다 중요한 건 서평 쓰는 습관으로 인해 글쓰기에 대한 두려움이 사라지고, 매번 어떤 식으로 쓸지를 궁리하는 즐거움까지 누릴 수 있다는 점입니다. 모든 것이 훈련이고, 경험이고, 습관입니다. 서평 쓰기 역시 경험의 양으로 질을 높일 수 있습니다.

독서보다 독후가 중요한 이유

⋮

제가 아는 분 중에 책을 아주 많이 읽는 분이 있습니다. 직장인이었는데 책을 좋아해서 항상 책을 끼고 다니고 다른 사람에게 선물하는 것도 좋아하는 분이었지요. 그런데 이분은 책을 많이 읽는 것에 비해 말과 글이 잘 정리가 되지 않았습니다. 말이야 심리적으로 위축되면 그럴 수도 있지만 글까지 논리적이지 못하고 자신의 관점도 찾아보기 힘든 식이었지요. 분야를 가리지 않고 다양한 책을 읽는 사람인데 생각을 정리

하고 표현하는 것에는 서툴다는 사실에 매우 놀랐습니다. 일
반적으로 책을 많이 읽은 사람들은 말이나 글의 논리가 정연
하고, 어휘력도 풍부할 거라고 기대하게 되니까요.

알고 보니 이분은 '독서' 자체에 큰 의미를 두고 있었습니
다. 2년 안에 300권 읽기라는 목표를 세우고, 매달 읽은 책의
숫자에 연연해했습니다. 책장을 덮고 나면 곧바로 다른 책으
로 달려가는 식이었지요. 독후 활동이 부재한 상황에서 읽은
책은 자신의 사고와 성찰의 영양분이 되지 못한 채 지식의
창고에 무질서하게 쌓여가기만 한 것입니다.

밑줄과 메모는 서평을 위한 준비운동

다독多讀이 중요하고 필요하기도 하지만, 책을 읽는 것에 그
치면 남는 게 없습니다. 책을 많이 읽는다는 자기 과시, 자부
심, 지적 허영만 남을 수 있습니다.

『책은 도끼다』(북하우스, 2011)에서 저자 박웅현은 책 한 권
을 읽고 나면 어떨 땐 수십 장의 발췌문을 쓰기도 하고, 그것
을 다시 또 읽으면서 자신의 생각을 적으면서 아이디어를 얻
는다고 합니다. 이렇게 한 권의 책을 여러 번 읽고, 감동을 준
대목이나 아름다운 문장 및 자신의 작업에 영감을 주는 부분

을 발췌하고 메모를 하는 식으로 책을 읽는다면 이 책은 온전히 그 자신만의 책이 됩니다.

여러분의 책 읽기는 어떤가요? 책장에 꽂힌 책을 다시 꺼내 보면서 그 책을 읽었는지 기억이 가물가물한 경험을 하신 적은 없으신가요? 독서 토론 모임에서 책을 어떻게 읽어왔는지 물어보면 다양한 얘기들이 나옵니다.

흥미로운 건 책을 아주 깨끗하게 본다는 사람들이 많다는 사실입니다. 책에 밑줄을 긋거나 뭔가를 써넣는다는 생각은 해본 적이 없다는 분들이 많았습니다. 이유도 다양한데, 가족이 함께 보기 때문이라는 분도 있고, 밑줄을 긋고 나면 다시 볼 때 방해가 된다는 분도 있습니다. 전자의 경우는 가족이 같이 보더라도 일단 내가 구입하고 좋아했던 책이라면 '내 책'으로 만드는 것이 허용되어야 하지 않을까요. 오히려 가족 중 누군가가 밑줄 긋고, 메모한 내용을 보면서 그 책을 다른 방향에서 생각해볼 수도 있지요. 또 시간이 흐른 후 밑줄을 그은 책을 다시 보면 흥미롭지 않을까요? 그 당시 나의 생각과 관심, 지적 수준을 되돌아볼 수 있을 테니까요.

특히 문학 책을 읽을 때 사람들은 더 조심한다고 합니다. 소설을 읽으면서 밑줄 긋고 메모하면서 읽지는 않는다는 거죠. 이야기에 몰입해서 단숨에 읽어내려 가는 경우에는 그럴 수도 있겠지만, 문학도 예외가 아니라고 생각합니다. 문학적 성취가 뛰어난 작품이라면 밑줄 긋고 생각을 메모하면서 읽을 수도 있습니다. 특히 고전 작품의 경우 생각할 거리가 많으니까요. 질문을 던지고 나름대로의 해석을 적어볼 수도 있고요.

허먼 멜빌의 중편소설인 「필경사 바틀비」나 고골의 「외투」, 카프카의 「변신」 같은 소설은 읽으면서 의미를 곱씹어봐야 하고, 잠깐 멈춰 생각을 해봐야 하는 부분도 빈번합니다. 이럴 때는 나름대로의 해석을 메모해볼 수 있습니다. 천재 이야기꾼인 마르케스의 『백년 동안의 고독』이나 도스토옙스키의 『죄와 벌』처럼 펜을 손에 쥐고 인물들의 이름이나 관계를 정리하지 않으면 따라가기 어려운 작품도 있습니다.

이렇게 책에 밑줄을 긋고, 생각을 메모하는 것은 독후 활동을 위한 준비 과정입니다. 독후 활동을 위한 시작이라고도 할 수 있습니다.

사유의 순간을 붙드는 독후 활동

본격적인 독후 활동은 크게는 말과 글로 나눌 수 있습니다.

함께 토론을 할 수도 있고, 혼자 독후감이나 서평을 써서 글로 남길 수도 있습니다. 어떤 경우든 책을 내 것으로 만들기 위해서는 독후 활동이 중요합니다. 독후 활동의 핵심은 '생각하는 것'이라고 할 수 있습니다. 한 권의 책을 읽고 내가 무슨 생각을 하게 되었는가가 중요합니다. 물론 문학작품을 읽었을 때는 느낌도 중요합니다. 하지만 감동을 받았을 때도 왜 그러한지를 이해하기 위해서는 느낌을 언어화해야 합니다. 그것이 토론에서는 말이 되고, 서평에서는 글로 표현되는 것이겠지요.

서평 글쓰기 모임의 한 참여자는 체홉의 단편을 읽고 마음에 크게 와 닿았다고 했지만, 왜 그런지를 글로 표현하기 힘들다고 하면서 답답해했습니다. 이분은 서평 쓰기 초보자였고 글쓰기 경험도 부족했습니다. 이 경우처럼 책을 읽고 감동을 받아도 그것을 표현하지 못한다면 정말 답답하겠지요. 그만큼 자신의 느낌이나 생각을 글로 표현할 수 있을 때, 우리는 표현 능력의 한계에서 한 발짝 벗어나는 자유를 누리게 됩니다. 글쓰기 훈련을 자꾸 하다 보면 표현력도 늘고 생각을 정리하는 능력도 좋아집니다. 앞에서 말했듯 경험의 양이 질이 됩니다.

책을 읽는 목적은 다양합니다. 실용적인 목적으로 정보를 취하는 경우를 제외하면, 책을 읽는 목적은 새로운 깨달음을 얻고, 사고를 확장시키고, 삶을 변화시키기 위한 것이 아닐까 싶습니다. 물론 이같은 목적은 결국 책을 읽고 사유함으로써 얻을 수 있습니다. 그리고 그 사유의 순간을 붙잡는 것이 바로 독후 활동입니다.

앞서 언급한 허먼 멜빌의 「필경사 바틀비」의 경우 상당히 난해한 작품이긴 하지만, 책을 읽고 나면 진한 감동이 남습니다. 변호사 사무실에 필경사로 취직한 바틀비는 변호사가 요구하는 행동을 하지 않고, 나중에는 자신이 맡은 일까지 거부합니다. 사무실을 떠나지 않고 버티는 바틀비를 어찌하지 못한 변호사는 사무실을 이전하게 됩니다. 하지만 바틀비는 계속 그곳에 남아 새 사무실 주인의 원성을 사고, 결국 잡혀서 교도소에 끌려가 그곳에서 죽습니다.

이해하기 쉽지 않은 현대문학작품의 계열에 속하는 이 소설을 난해하다는 이유로 그냥 책장을 덮고 만다면, 책은 내게로 오지 않습니다. 바틀비가 어떤 인물인지, 왜 이런 행동을 하는지, 그 행동의 의미가 무엇인지, 이야기를 들려주는 화자인 변호사의 생각과 행동에 대해서 나는 어떻게 생각하는지 등등의 질문들을 던지고, 생각하고, 그것을 다시 글로 써볼 때 작품은 내게 하나의 의미로 다가오고, 깨달음을 주며, 삶을 변화시킵니다. 독후 활동은 독서 후의 행위이지만, 독서보다 더 중요한 이유가 바로 여기에 있습니다.

CHAPTER 3

비평부터
시작해볼까

김민영

01
서평은 비평이다

⋮

영화 〈명량〉을 함께 보고 열다섯 명이 모였습니다. "제 별점은요!" 첫 번째 발표자가 별점 셋을 줬습니다. 다음 사람은 하나를 더 얹어 넷, 그다음 사람은 반개를 올려 네 개 반까지 별점을 줬습니다. 이때, 한쪽에서 "저는 둘이요"라며 한 회원이 고조된 분위기를 깼습니다. 그는 단호히 말했습니다. "감독의 전작 〈활〉보다 못하네요. 최민식 씨 연기도 출연작 중 최악이고." 찬물 한번 제대로 끼얹었습니다.

별점 네 개 반을 준 사람이 예리하게 "어떤 점이 그렇던가요? 저는 최민식 씨 연기 좋던데요?" 되물었습니다. 덕분에 "좋았다" "재미있었다" "잘 만들었다"와 같은 단답형을 넘어 작품의 성취와 한계를 짚어보는 진지한 토론으로 넘어갈 수 있었습니다.

주어에 변화를 주자

천만 관객 영화라도 나에게 맞지 않으면 별점은 내려갑니다. 때로는 "나만 다른 취향인가? 내가 잘못 봤나?" 싶지만 이야기 나눌 사람이 없으니, 해소가 되지 않습니다. 이럴 때 바로 비평 쓰기가 필요합니다. 천만 관객이라는 타이틀에 짓눌릴 필요는 없습니다. 어떤 점에서 납득할 수 없었는지, 혹은 실망했는지, 성취가 있다면 어떤 부분인지 정리하면 됩니다. 이렇게 정리하고 나면 꼬였던 생각도 풀리고 감정도 정화됩니다. 무엇보다 머릿속이 명쾌해지는 쾌감에 또 글을 쓰고 싶어집니다. 이렇듯 비평은 생각을 넘어 삶을 명쾌하게 만드는 '생각의 지도'입니다.

비평의 대상을 '책'으로 좁히면 서평이 됩니다. 출발은 책에 대한 호불호입니다. 좋다 / 싫다, 재미있다 / 재미없다, 잘 읽힌다 / 안 읽힌다에서 시작하는 겁니다. 이때 표현의 주체는 당연히 '나'입니다. 나에게 재미있는가, 그렇지 않은가가 가장 중요합니다. 그러나 자기 기준에서 말하는 습관 정도로는 비평에 도달하기 어렵습니다. 주어의 주체를 다음과 같이 바꾸는 것도 방법입니다.

독후감의 주어	서평의 주어
나는 / 필자는	① 책은 (작품은, 소설은) ② 작가는 (저자는) ③ 독자는 (읽는 이는) ④ 주인공은 (주요인물은, 등장인물은)

독후감과 서평의 주어

나의 감정에서 객관적 비평으로 시점의 이동이 필요합니다. 나의 잣대로 대상을 비평하기란 쉬운 일이 아닙니다. 설득력이 부족할 수 있으니까요. 이때 서평의 주어가 필요합니다. 책이나 작가, 독자, 주인공을 데려와 '그들의 언어'로 말을 건네는 것이 바로 서평입니다.

객관적인 주어를 쓰려면 읽기에도 많은 변화가 필요하겠죠? 나에게 좋았던 책에서 벗어나 작가의 입장에서 생각해보고, 불특정 다수의 반응도 짐작해봐야 합니다. 자연스레 책을 폭넓게 조망하게 되고, 보다 객관적인 시점에서 책을 읽게 됩니다. 읽기의 시점에 따라 약간의 공부도 필요합니다. '나'를 벗어나기 위해 당연히 수반되어야 하는 것이 공부니까요. 작가에 대해 면밀히 알아보고, 작가의 다른 작품도 읽어봅니다. 독자의 다양한 반응도 찾아봅니다. 필자의 경우 독자를 다양하게 나눠보기도 합니다. 이렇게 하다 보면 생각이 명쾌해질 뿐 아니라 설득력도 높아집니다.

책을 읽은 독자	VS	읽지 않은 독자
이런 종류의 책에 익숙한 독자	VS	처음인 독자
이런 종류의 책을 좋아하는 독자	VS	아닌 독자
작가의 애호가	VS	처음 읽는 독자

▲ 서평 독자 구분표

이렇게 구분하는 이유는 그 누구도 서평가의 생각대로 책을 읽진 않기 때문입니다. 책에 대한 미세한 감정이나 다양한 취향을 함부로 단언하기는 어렵기 때문에 세심하게 독자군을 나눠주는 겁니다.

지금까지 독후감이나 단상 정도로 쓰던 독자에게는 조금
은 피곤한 일일 수도 있습니다. 하지만, 자신의 서평을 읽는
독자라고 가정해보면 꼭 그렇지만은 않을 것입니다. 서평자
가 독자를 세심하게 배려해준다는 느낌이 들 테니까요. 무엇
보다 책을 선택할 때 도움이 되는 구체적이고 친절한 추천사
라면 꼭 필요한 작업이겠지요.

서평의 비평 요소

그렇다면 책 비평은 어떤 기준을 두고 하면 좋을까요? 영화
는 시나리오나 연출력, 연기력, 음악 등 눈에 띄는 요소들이
많지만, 책은 별로 할 말이 없어 보입니다. 비평할 소재도 마
땅치 않은 것 같고요. 이럴 때에는 다음의 요소들을 고려해보
면 어떨까요?

> 집필 의도, 주제, 근거, 설득력
> 작가의 가치관, 문제의식, 문체, 가독성
> 편집, 표지, 구성 외

▲ 서평의 비평 요소

책마다 비평 포인트는 다르지만, 장르와 관계없이 앞의 요소는 짚어볼 필요가 있습니다. 세밀한 독자는 오탈자를 지적하기도 하지요. 물론, 문학은 보다 섬세한 비평이 필요합니다. 주인공을 통해 작가가 무엇을 이야기하고자 했는지 다양하게 살펴봐야 하고, 작가의 다른 작품과의 비교도 필요합니다. 이때 작가의 작품 세계를 전체적으로 조망하면서 발췌를 활용하면 더욱 설득력이 높아집니다.

그림책이거나 삽화가 들어간 책이라면 그림에 대한 언급도 해야 합니다. 수준 높은 그림책 비평가는 구도, 색감, 명암 등을 하나하나 짚어가며 작가의 무의식까지 펼쳐 보이기도 합니다. 그런 서평을 읽으면 대충 내용만 파악했던 그림책이 다시 보이기도 합니다. 바로 그런 점이 서평을 읽는 재미입니다.

02
비평은관점이다

친구 K와 유명 뮤지컬을 보고 나왔습니다. 명성 이상으로 벅찬 감동을 받았습니다. 그런데 K는 표정이 별로 좋지 않았습니다. 조심스레 "어땠어?" 하고 물었습니다. 잠시 후 K가 말합니다. "음……, 괜찮네……." 어쩐지 다음 말을 이어갈 수 없었습니다. 아주 좋았다거나, 싫었다고 했으면 말을 붙일 수 있었을텐데 그냥 "괜찮다"는 반응이 절 무력하게 만들었습니다. 사실 저는 할 말이 많았습니다. 시나리오, 연기, 연출에 대해서 재잘대고 싶었습니다. "정말 대단하다!"고 환호하는 사람들을 보며, 끼어들어 함께 떠들고 싶었습니다. 그러나 말을 아끼는 친구 앞에서는 그러지 못했습니다. 기가 죽어서일까요?

자신의 관점을 분명하게 만들어주는 서평

제가 느낀 감정은 일종의 '두려움'이었습니다. '내가 느낀 감정을 드러낼 때, 무심하게 받아들이면 어떡하지?' 또 '다른 반응이면 어쩌지?' '내가 너무 잘난 척하는 것처럼 보이지는 않을까?' 복잡한 감정에 사로잡혀 말문을 닫게 된 겁니다. 글을 쓸 때 첫 문장에서 주저하는 것처럼, 자기검열을 하게 된 것입니다. "괜찮다"는 한마디에 부딪히고 만 것입니다. 이런 경우 원활한 대화를 기대하긴 어렵습니다.

　대부분의 대화는 '소통'의 가능성을 염두에 두고 시작됩니다. '주고받기'를 기대하는 것이죠. 그 기대가 무너진 지점에서 용기를 내기란 쉽지 않습니다. 공연을 보고 나와 K와 걷던 7~8분 동안 거리는 무척 길게 느껴졌습니다. 그러다 한참후에 그 작품을 좋게 본 지인 P를 만나 실컷 이야기를 나눌수 있었습니다. 흥미로운 것은 P의 관점이 저와 정반대였다는 겁니다. 저는 그 뮤지컬의 음악이 무척 좋았는데, P는 "최악이었다!"고 혹평했습니다. 그러면서 비슷한 물량을 투입한 대작들을 비교하며, 선곡과 편곡의 문제점을 거론했습니다. 저와 관점이 다르니, 대화에 더욱 빠져들 수 있었습니다. 언제나 그렇듯 다른 관점을 가진 사람을 만나면 '다른 세상'이 보입니다.

서평을 쓰는 이유는 자기 관점을 정리하기 위해서입니다. 보통 서평과 관점의 관계는 세 가지로 추릴 수 있습니다. 첫째, 뚜렷한 관점으로 서평을 쓰는 경우. 둘째, 서평을 쓰면서 관점이 정리되는 경우. 셋째, 모호한 관점으로 마무리하는 경우 등입니다. 셋 다 나름의 소득이 있습니다.

첫 번째는 이미 관점이 명확하기 때문에 하고자 하는 말도 분명하고, 방향도 확실합니다. 책을 추천할지, 말지에 대한 관점을 가지고 출발하는 거지요. 대부분의 서평자는 '추천하기 위해' 쓰는 경우가 많고, 간혹 '비추천'의 이유를 밝히기 위해 다양한 근거를 제시하는 서평도 있습니다. 이때, 서평자의 감정은 뭐랄까, "저자를 비판하고야 말겠어!" "이런 책이 베스트셀러라니 어이가 없군!"과 같은 비범한 결의와 분노라고 할 수 있습니다. 또는 "이 책의 부족함을 알려서, 독자들의 눈을 뜨게 해줘야겠다!"는 일종의 사명감일 수도 있습니다. 어떤 식이든 명확한 관점을 세운 후에 서평을 쓰면 보다 빠르고, 신나게 써내려갈 수 있습니다.

서평을 쓰면서 관점이 정리되는 경우는 어떨까요. 서평을 쓰기 전에는 그저 읽은 내용을 정리나 하자는 생각으로 끄적이기 시작합니다. 그러다 조금씩 분량이 늘어나고, 생각이 정리되면서 관점이 명확해지지요. "아 내가 이런 부분 때문에 재미있게 읽었구나!" "아! 이래서 짜증이 났구나!" "안 읽힌 이유가 있었네!"라는 식으로 책에 대한 호불호를 명확히 할 수 있는 것입니다. 아직 비평 습관이 부족하고, 관점이 명확하지 않은 상당수의 독자가 이런 경우에 해당될 것입니다.

이런 경험이 쌓이면 어떨까요? 자신의 이야기를 하는 게 재미있고, 생각도 정리되고, 관점도 명확해지니 뿌듯해지지 않을까요? 삶에 활력이 생기고, 심지어 자존감까지 올라가게 됩니다. 또 생각이 깊어지니 글과 말에 설득력이 생길 것입니다. 조금 과장해서 말하면, 삶이 편해지기까지 합니다. 자기 입장이 분명하니 의사소통도 원활해지고, 그로 인해 삶이 명확해지는 겁니다.

마지막으로 서평을 쓰고도 여전히 관점이 모호한 경우를

살펴보겠습니다. 글쓰기 초보자와 독서량이 충분치 않은 분들 중 상당수가 이 세 번째에 해당합니다. 내용 요약, 인상 깊은 부분이나, 감상 및 단상 정도의 기록도 훌륭하지만, 보다 명확하게 이 책이 나에게 어땠다, 라는 관점을 드러내면 책을 읽지 않은 독자가 책을 선정하는 데 큰 도움이 될 겁니다. 무엇보다 관점 표현까지 나아가지 못하면 독후감에 머물 수 있습니다.

예를 들어 "이 책을 읽으며 주인공의 불행에 많이 아파했다. 나 역시 비슷한 고통에 사로잡혀 있었다" "저자의 말을 읽고 나니 머리가 어지러웠다. 이런저런 생각이 뒤섞여 책을 제대로 읽은 건지 모르겠다" "책의 다양한 사례를 읽을 때는 좋았는데, 책을 덮고 나니 남는 게 없다" 등의 단상을 적는다고 가정해보겠습니다. 어떤가요? 뭔가 해야 할 숙제를 못한 느낌이 들지 않나요? 바로 자신의 관점을 드러내지 못했기 때문입니다. 이 문제를 원점으로 돌리면, 결국 책 읽기로 돌아갑니다. 아직 서평을 쓸 정도로 책을 잘 읽지 못한 것입니다. 다시 말하면, 내 취향과 수준에 맞는 책이 아니었던 것입니다.

글쓰기 실력만큼 책 선정도 중요하다

서평이 잘 써지지 않을 땐 글쓰기 실력을 자책할 것이 아니라, 책 선정부터 돌아봐야 합니다. 왜 관점이 드러나지 않을까요?

바로 책의 내용을 이해하지 못했기 때문입니다. 만약 그렇지 않다면 평소 생각하는 습관을 점검해야 합니다. 좋다/싫다, 추천한다/추천하지 않겠다, 이중 어느 쪽도 아니라면 모든 책이 '그저 그렇다'는 의미일 수 있습니다. 아니면 몰입을 못하거나 감동을 못 받은 것이고요. 물론 성향에 따라 감동을 잘 받는 사람과 그렇지 않은 경우도 있습니다. 옳고 그름의 문제로 볼 수 없는, '다름'의 문제겠지요.

『인간이 그리는 무늬』(소나무, 2013)의 저자 최진석 교수는 '인문적 통찰'의 중요성을 강조하며 다음과 같은 말을 했습니다. "도대체 인문적 통찰을 하는 관건은 뭐냐? '자기가 자기로 존재하는 일'입니다. 이념이나 가치관이나 신념을 뚫고 이 세계에 자기 스스로 우뚝 서는 일, 이것이 바로 인문적 통찰을 얻는 중요한 기반입니다." 모두가 좋다고 하는 책이 이념이라면, 이를 뚫고 "별로!"라고 외치며 자기로 서는 것이야말로 서평 쓰기의 즐거움이 아닐까 합니다. 이것이 인문적 통찰의 시작이기도 합니다.

여러분이 오늘 읽은 책은 어땠나요? 어떤 관점으로 그 책을 소개하고 싶나요? 호불호의 입장이 정해졌나요? 만약 정리되지 않았다면, 아니 끝내 정리할 수 없다면 책 선정 문제로 돌아가보도록 합시다. 물론 잘 맞는 책만 서평을 써야 하는 건 아닙니다. 다만 잘 맞는 책이면 더 신나게, 명쾌하게 관점을 드러낼 수 있다는 겁니다. 나에게 잘 맞는 옷인지, 그렇지 않은지 치수부터 재봐야겠지요?

만약 선정 문제에 부딪혔다면 여러 책을 소개한 다른 서평집을 읽어봐도 좋습니다. 책 분야 파워블로거들의 서평도 참고하길 바랍니다. 매주 나오는 신문 서평도 좋은 자료입니다. 이런저런 자료를 참고해서 읽고 싶은 목록을 메모하고, 직접 서점이나 도서관에 가서 살펴본 후 결정하는 것이 가장 좋은 방법입니다. 그 과정을 통해 책 고르는 안목도 기를 수 있습니다.

03
관점은 별점이다

:

초등학교 6학년 은송이는 독서광입니다. 책만 읽으면 시간이 어떻게 가는지 모를 정도로 빠져들곤 합니다. 중학생 수준의 책도 신들린 듯 읽어나갑니다. 두꺼운 안경 너머의 글자들을 맛난 음식 삼키듯 빨아들입니다. 자연스레 혼자 있는 시간이 많아졌습니다. 친구들과 뛰어노는 것보다 책이 좋다고 합니다. 하지만 은송이의 어머니는 이런 아이를 보며 걱정합니다. 체육도 싫어하고, 친구도 많지 않고, 책만 보려고 하니까요.

그런데 이보다 더 심각한 문제가 있습니다. 그렇게 책을 많이 읽었는데도 자기 생각을 쓰라고 하면 늘 한두 줄에 그친다는 겁니다.

별점을 매기고 그 이유를 찾아보자

어느 날 은송이에게 물었습니다. "은송아, 글 쓰는 게 귀찮니?" 은송이는 고개를 절래 절래 흔들며 말했습니다. "아니요." 전 다시 물었습니다. "그런데 왜 네 생각은 늘 이렇게 짧게 쓰는 거야?" 은송이의 대답은 놀라웠습니다. "음…… 뭘 어떻게 써야 할지 모르겠어요." 그제야 저는 아이들도 어른들이 겪는 글쓰기 문제를 갖고 있다는 사실을 알게 되었습니다. 그야말로 무엇을(소재), 어떻게(방법) 써야 할지 모르겠다는 겁니다. 늘 "재미있었다" "지루했다" "감동적이다"로 글을 마쳤던 은송이는 저와 함께 독서 토론을 시작했습니다.

먼저, 책에 별점을 매기게 했습니다. 1.7부터 4.6까지 은송이를 비롯하여 아이들의 다양한 별점이 쏟아졌습니다. 또 책 읽은 소감을 10여 개의 논제로 말하게 했습니다. 함께 토론하던 7~8명의 이야기는 너무 달랐습니다. 내성적인 은송이는 눈을 휘둥글게 뜨기도 하고, 고개를 끄덕이며 열심히 듣기도 했습니다. 발표 횟수는 적었지만, 나름 즐겁게 참여하고 있는 것 같았습니다.

저는 학생들에게 종이를 나눠주며 "토론한 내용을 바탕으로 책 읽은 소감을 자유롭게 써보세요! 무엇을 써도 괜찮아요!"라고 말하며 잔잔한 클래식 음악을 틀어주었습니다. 처음에는 주저하던 아이들이 3~4분이 지나자, 뭔가 끄적이기 시작했습니다. 그리고 10여 분이 지나자 꽤 많은 분량을 써냈습니다. '정답은 없다', '각자가 느낀 생각이 최고의 글감이다' 라고 격려하자 모두 뭔가를 써내기 시작한 겁니다. 슬며시 은송이 옆에 다가가보니, 벌써 7줄이나 썼더군요.

15분 후 아이들은 소감 쓰기를 마치고, 각자 쓴 초고를 낭독했습니다. 문법도 틀리고 부자연스러웠지만, 그 누구의 생각이 아닌 '자기 생각'을 써냈습니다. 아이들은 입을 모아 말했습니다. "토론하고 별점을 주니 글쓰기가 재미있어요. 어렵지 않아요!" 토론 후 은송이에겐 작은 습관이 하나 생겼습니다. 자신이 읽은 책의 맨 앞에 포스트잇으로 별점을 메모해두는 겁니다. 일종의 '표식'으로 나중에 중학생이 되서 읽어 본 후, 별점의 차이를 보면 좋겠다고 말했습니다.

이처럼 책에 주는 별점은 '표식' 역할을 합니다. 책의 무게를 가늠케하는 저울인 셈입니다. 자기 관점을 수치화하다 보면 생각을 정리할 수도 있고, 관점이 명확해지기도 합니다. 여러 명과 함께 이야기 나눌 수 있는 자리라면 토론 중에 별점에 변화가 생기기도 합니다. 영화 〈나의 독재자〉 토론 때가 그랬습니다. 처음에는 별점 3점으로 시작했지만 토론을 하다 보니 이 영화의 다양한 장점이 보이는 겁니다. 결국 제 별점은 3.7까지 치솟았습니다. 흥미로운 점이 있다면 별점 상승에 영향을 미친 사람은 이 영화를 혹평했다는 것입니다. 심한 비판을 듣고 나도 모르게 반발심이 들었던 겁니다. "저건 좀 심하잖아?" "저 정도로 형편없는 영화인가?"라는 생각에 자연스레 장점을 찾게 된 것입니다. 혹평의 순기능이라 할 수 있습니다. 덕분에 저는 이 영화에 대한 리뷰도 완성할 수 있었습니다.

서평 쓰기를 위한 별점표

이렇듯 별점은 책의 무게를 가늠하고 서평의 방향을 보여주는 표식이 됩니다. 모든 서평을 별점부터 시작해보는 것도 방법이 될 수 있습니다. 별점을 매긴 후에는 어떤 식으로 서평을 쓰면 좋을까요?

별점	주요 반응	좋은점 vs 아쉬운점
★ ★★ 3점 이하	어렵다 잘 안 읽힌다 지루하다 재미없다 몰입이 안 된다 불편하다 불쾌하다 실망이다 기타	좋은 점보다 아쉬운 점이 더 많다
★★★ 3점	괜찮았다 기타	좋은 점과 아쉬운 점이 비등하다
★★★★ ★★★★★ 3점 이상	재미있다 잘 읽힌다 감동받았다 몰입했다 유익했다 나를 돌아봤다 반성했다 결심했다 다른 책도 읽어보고 싶다 기타	아쉬운 점보다 좋은 점이 더 많다

▲ 서평 쓰기를 위한 별점표

위의 별점표는 책은 물론 영화, 드라마, 기타 다른 분야에도
적용 가능합니다. 반응의 종류와 범위가 약간 달라질 뿐 비슷
한 반응을 예측할 수 있습니다. 서평을 잘 쓰려면 3점을 기준
으로 어떤 점이 어떻게 좋고, 싫은지를 분리 기록하는 것이 좋

습니다. 어떤 책이든 장단점은 있으니까요. 예컨대, 별점 4점인 사람에게는 좋은 점이 많이 보일 수밖에 없습니다. 그러나 아쉬운 점도 간과해선 안 됩니다. 너무 감상적이거나 주관적인 반응은 아닌지 살펴볼 필요가 있습니다. 자신과 잘 맞고 푹 빠져서 읽은 책일수록 경계해야 하는 반응입니다. 억지로 아쉬운 점을 찾을 필요는 없지만, 최대한 거리 두기를 해야 합니다. 반대로 혹평을 날리고 싶을 때도 장점은 없는지 돌아봐야 합니다. 어떤 책이든 좋은 점은 있으니까요. '내가 소홀히 보거나 폄하한 이 책의 장점은 무엇이었나'를 살펴봐야 합니다.

이런 거리 두기와 관찰이 익숙하지 않을 수 있습니다. "그냥 재밌다, 재미없다만 말하면 되지 뭐가 이리 복잡하지?"라고 생각할 수 있습니다. 하지만 단순 감상만 나열한다면 생각을 깊이 할 수 없을 것입니다. 자기 감정을 세분화하다 보면 깊이 생각할 수밖에 없습니다. 생각이 없다면, 생각해보지 않았다면 별점을 내릴 수도, 서평을 쓸 수도 없으니까요. 결국 쉽고 재미있는 별점 주기가 탄탄한 서평의 기초가 되는 것입니다. 어떤가요? 여러분도 오늘 다녀온 맛집부터 지난주에 본 영화, 지금 읽고 있는 책에 별점을 내려보세요. 모호했던 생각과 감정이 명쾌해지는 쾌감을 맛볼 수 있을 겁니다.

04

리뷰와 비평의 차이

．
．
．

32세 직장인 선영 씨는 화장품 마니아입니다. 어딜 가나 화
장품 숍이 먼저 보일 뿐 아니라, 직접 들어가 테스트까지 해
봅니다. 즐겨 보는 뷰티 프로그램과 잡지에 나온 화장품 목록
은 늘 갖고 다닙니다. 비슷한 립스틱이 100개가 넘고, 쓰지
않는 것도 많지만 새로 나온 제품에 또 눈이 갑니다. 그녀의
오랜 취미는 쌓이고 쌓여 블로그가 되었습니다. 누군가에게
'추천'을 해보면 어떨까 하는 마음으로 시작한 기록은 어느새

하루 방문자가 5천 명이 넘는 파워블로거가 되었습니다. 많은 사람들이 그녀의 추천을 기다립니다. 객관적 평가를 해줄 거라 믿기 때문에, 선영 씨의 어깨가 무겁습니다.

객관적 평가가 필요한 이유

처음 선영 씨의 포스팅은 이런 식이었습니다.

> 오늘 제가 소개할 립스틱은 ○○브랜드의 ○○○. 공○○ 씨가 드라마에서 바르고 나와 화제가 되었죠. 오늘은 일반인인 제가 한번 발라보도록 하겠습니다.(제품 케이스 사진, 본품 사진, 발색 사진 5장) 발색 너무 이쁘죠. 저도 기대 이상이라 대만족! 기분 전환용으로 짱입니다! 여러분도 발라보세요!

빠르게 댓글이 달렸습니다. 대부분이 "궁금했는데 추천 감사해요" "저도 꼭 써볼게요" 등이었습니다. 선영 씨는 뿌듯했습니다. 뭔가 가치 있는 일을 한 듯한 기분이랄까요. 그러던 어느 날 생각지도 못한 댓글이 달리면서 선영 씨는 고민에 빠졌습니다.

댓글 내용은 이랬습니다. "○○님, 추천할 땐 조금 객관적으로 해야 하지 않을까요? 사람마다 피부색이나 상태가 다른데 무조건 ○○님이 좋다고 추천할 수 있을까요? 파워블로거라면 보다 신중해지세요. 지난번에 ○○님이 추천한 에센스 쓰고 피부가 다 뒤집어졌습니다. 책임지라고 따지려다, 그간 제가 믿고 구독한 블로그니 제 책임도 있어 참았습니다. 앞으로는 한 번 더 생각해보고 추천하세요."

늘 칭찬과 격려에 우쭐했던 선영 씨는 이 댓글 하나로 일주일간 블로그도 하지 않고 화장품도 사지 않았습니다. 집 곳곳에 쌓인 화장품을 보니 회의가 밀려왔습니다. '나는 순수한 뜻에서 올린 건데 누군가에게 피해를 줄 수도 있다니……, 앞으로 계속 이걸 해야 할까…….' 며칠을 고민한 끝에 선영 씨는 조금 더 객관적으로 글을 쓰자고 마음먹었습니다. 이를 위해 평가 항목을 분류하고 별점을 올리기로 했습니다. 리뷰 형식은 다음과 같이 대폭 개선되었습니다.

제가 오늘 소개할 립스틱은 ○○ 브랜드의 ○○○. 공○○ 씨가 드라마에서 바르고 나와 화제가 되었죠. 오늘은 일반인인 제가 발랐을 때도, 과연 연예인처럼 될 수 있는

지 테스트 해보도록 하겠습니다. 다음 항목별로 별점을 주
도록 할게요.

- 케이스
- 디자인
- 발림성
- 발색
- 보습

각 항목 만점은 별점 다섯 개. 각각의 별점을 매기고 왜 그
렇게 생각하는지를 구체적으로 쓰기 시작했습니다. 쓰면서
조금이라도 걸리거나, 불편한 부분이 있었다면 정확하게 체
크하고 솔직하게 글을 올렸습니다. "공○○ 씨는 직업이 모
델이었잖아요. 또 피부도 굉장히 하얗고요. 그런데 저는 피부
도 어두운 편이고, 평범한 직장인이라 그런지 너무 뜬다는 느
낌이네요. 사람마다 다르겠지만 데일리 립스틱으로는 비추
입니다. 단, 파티나 특별한 모임 있는 날 기분 전환용으로는
나쁘지 않겠어요. 특히 화려한 컬러 좋아하는 분께 추천합니
다." 이렇게 톤을 바꾸고 나니, 더 공을 들여 써야 했고, 시간
도 2~3배 더 들었습니다. 세심히 객관적으로 쓰려고 노력했

습니다.

결과는 대만족. "어머! 저도 너무 떠서 후회했는데, 저만 그런 게 아니었군요. ○○님 역시 최고예요!" 등의 공감 댓글이 달리기 시작했습니다. "이모저모 세심히 따져주시니, 믿고 살 수 있겠어요. ○○님 추천만 믿습니다"라는 격려 댓글도 이어졌습니다. 이제 선영 씨는 함부로 무언가를 추천하지 않습니다. 여러 사람의 의견을 고려해보고, 객관적으로 보려고 노력합니다.

비평가에게 '타협'은 없다

선영 씨의 예를 길게 쓴 이유는, 바로 리뷰와 비평의 차이를 읽기 위해서입니다. 리뷰는 그야말로 '소개글' '추천글'이라 할 수 있습니다. 대부분의 리뷰는 해당 제품을 소개하거나 추천하는 것을 목적으로 합니다. 아주 쓸모없거나, 형편없는 제품에 대해 공들여 리뷰를 쓰는 사람은 드물지요. 물론 다른 피해자를 막아야겠다는 일념 하에 리뷰를 쓰는 사람도 간혹 있지만요. 자기 입장에서 추천할 수밖에 없으니 과장되거나, 자의적인 해석이 있기 마련입니다. 다른 입장을 고려하지 못하는 사적인 단상, 주관적인 감상 정도에 그치기 마련입니다.

그러다 보면 객관적 안목을 기르기가 어려워집니다. 자신과 다른 견해를 받아들이기가 어려워질 수도 있고요.

간혹 리뷰와 비평의 경계가 모호하다는 분들이 있습니다. 정의하는 사람에 따라 다르겠지만, 저는 이처럼 블로거의 예를 들곤 합니다. 책을 리뷰하는 것과 비평하는 글 또한 비슷한 경계로 구분할 수 있습니다. 좋아하는 책을 단순하게 소개하거나 추천하는 것이라면 리뷰에 가깝고, 여러 지점 또는 중요한 한 부분을 깊고 다양하게 분석한다면 비평입니다.

가끔 무료로 책을 받고 리뷰어 생활을 한다는 분들을 만납니다. 집 곳곳에 공짜 책이 한가득이라며 좋아합니다. "그럼 별로였던 책은 어떻게 써요?"라고 물으면 리뷰어들은 이렇게 대답합니다. "억지로 칭찬할 필요는 없고요. 출판사도 늘 솔직하게 쓰라고 해요. 그런데 좀 찔리죠. 공짜 책이니까요. 그냥 보통 정도로 쓰곤 해요."

이렇게 모호한 입장으로 글을 쓰다 보면 어떤 결과가 나올까요? 제가 가까이서 본 결과 주체적인 글쓰기에는 도달하지 못했습니다. 공짜 책을 받다 보면 스스로 책을 사는 습관도 사라지게 되고, 주체적으로 비평하는 것 또한 어려워집니다. 그래서 수년간 공짜로 받아 봤던 분들 중에는 회의를 느껴 다 누굴 줘버렸거나 버렸다는 분도 있습니다. 그분들의 입장을 정확히 규정하자면 '리뷰어'라 할 수 있습니다. 비평가가 아닙니다. 간략하게 책을 소개하고, 추천하는 것에 기쁨을 느끼고, 출판사 역시 그 정도에 만족하는 것이죠.

비평가에게 '타협'은 없습니다. 비평가는 어떤 책의 중량을 마음껏 달아보기 위해 비평을 씁니다. 별점을 매섭게 매기기도 하고, 숨은 작품을 발굴해 높은 별점을 주기도 합니다. 이 때는, 물론 정확한 이유와 근거를 제시해야 합니다. 작품을 보는 안목과 조예도 깊어야 하고요. 여러분은 리뷰와 비평 중 어느 쪽에 더 끌리나요? 독서량이나 글쓰기 경험이 부족하다면 리뷰에서 시작해서 비평으로 가는 것이 방법입니다.

05

나를 지키는 비평 습관

⋮

얼마 전 98세로 세상을 떠나신 제 외할머니는 주관이 뚜렷한 분이었습니다. 매사에 호불호를 밝히셨죠. 이런 기질을 고스란히 물려받은 건 어머니였습니다. 늘 자기 입장을 밝히곤 하는 어머니. 어린 저는 그런 어머니 때문에 힘들기도 했습니다. 제가 좋아하는 옷을 입지도 못했습니다. 제 취향보다 어머니 취향이 낫다는 생각 때문이었는지, 늘 제 스타일을 지적하셨습니다. "넌 무릎까지 붙는 스타일의 치마가 잘 어울려. 머리카락은 내려오지 않게 다 뒤로 묶어봐. 그럼 얼굴이 훨씬 작아 보여. 다른 사람들이 단발머리를 한다고 따라해선 안 돼. 그럼 얼굴이 더 커 보여." 저를 걱정하는 말씀이긴 했지만, 상처를 받기도 했습니다. 그때마다 반항심에 무릎 위로 올라가는 치마도 입고, 단발머리를 하며 엇나갔습니다. '나 이런 스타일도 잘 소화해요! 보세요, 엄마!' 보란 듯이 제 스스로 서보고 싶었던 겁니다. 물론 호락호락할 어머니가 아니었습니다. 그때마다 "안 어울려, 정말"이라며 제 안목을 지적하셨습니다.

입장을 명쾌하게 밝히자

이렇게 매사에 어머니와 저는 부딪혔습니다. 스트레스를 받기도 했지만, 돌아보니 수확이 있었습니다. 바로 저를 지키는 비평 습관이 생겼다는 겁니다. 어머니를 설득하기 위해 제겐 근거가 필요했고, 그걸 논리적으로 전달하는 연습이 된 것입니다. 언제까지나 '마마걸'로 살 수 없었기에, 제가 왜 그런 선택을 했는지, 그에 대한 주변의 반응은 어땠는지에 대해 이야기했습니다. 그럴 때면 어머니는 "뭐, 네가 좋다면 할 수 없지만, 사람들 말 믿지 마. 누가 대놓고 별로라고 하니. 엄마니까 이런 말 해주는 거야"라고 대꾸하셨지만 조금씩 제 취향과 의견을 존중해주기 시작하셨습니다.

수년의 투쟁 끝에 제 영역을 확보하게 된 겁니다. 그런데 주변을 둘러보면 나이 서른이 넘어서도 부모 의견에 끌려다니는 사람들이 많습니다. 옷을 고르거나 여행을 하는 일상적인 선택부터 크게는 직장 문제나 결혼에 이르기까지 '부모'라는 산을 넘지 못해 괴로워합니다. 그럴 때 저는 말합니다. "설득하는 법을 배우세요, 그리고 연습하세요. 포기하지 마세요."

버릇없는 생각일까요? 저는 그렇지 않다고 봅니다. 부모님이 경험한 것과 제 경험이 다른데, 같은 기준으로 살아갈 순 없는 거니까요. 한쪽에선 잘 듣고, 다른 쪽에서는 잘 설득해야 합니다. 듣기와 설득은 상호 보완적이며, 필요충분조건입니다. 아무리 설득을 잘해도 듣지 않는다면, 열심히 들으려 해도 설득력이 없다면 전쟁은 끝나지 않습니다.

제 취향을 잘 드러내다 보니, 좋아하는 것을 공유할 동료가 많아져 삶이 풍요로워졌습니다. 또 일을 할 때 입장이 분명하니 빠르고 명쾌하게 해결하게 됩니다. 강의를 할 때도 마찬가지로 뭔가 모호하게 넘어가는 것을 싫어하다 보니, 정확하게 짚고 분석하게 됩니다. 한 수강생은 제가 통계학을 전공

한 것이 느껴진다고 말하기도 했는데요. 어떤 요인들을 무심히 지나치지 않고 항목화하거나 그래프나 도형으로 보여주기를 좋아하기 때문입니다. 그제야 제 강의 스타일을 좀 객관적으로 보게 되었습니다. 유사한 스타일을 찾자면 일본 저술가 사이토 다카시가 있습니다. 그는 자신의 주장을 항목화하거나 표로 그려 한눈에 볼 수 있게 합니다. 쉬운 문체, 다양한 예시, 흥미로운 스토리텔링의 소유자입니다. 작품 수가 많고, 다소 겹치는 부분이 있다는 이유로 싫어하는 독자도 있긴 하지만, 저는 좋아합니다. 그만큼 명쾌하게 자신의 생각을 전달하는 저자가 흔치 않기 때문이죠.

솔직하게 표현해보자

삶이라는 게 매사에 명쾌할 수는 없지만, 자기 입장만큼은 분명하게 드러내야 한다고 생각합니다. 우리는 수많은 스트레스에 시달립니다. 어떻게 이를 풀어야 할지 몰라 춤도 배우고 운동도 하지만 그때뿐 근본적인 문제는 해결되지 않습니다. 그 스트레스가 히스테리와 폭력으로 이어지기도 합니다. 우리 사회의 우울과 단절, 고독 대부분이 모두 자기 입장을 드러내지 못한 결과가 아닌가 생각합니다. 과거 한국 사회는 침묵과 인내를 교양으로 간주했습니다. 상대가 어떤 이유로 침묵하는지 묻지 않았고, 침묵하는 사람 또한 어떻게 표현해야 하는지 방법을 찾지 못했습니다.

자기가 좋아하는 게 무엇인지 찾아갈 수 있다면 성공한 삶입니다. 돈이나 명예보다 중요한 것은 '재미와 의미'입니다. 스스로 재미를 느껴 지치지 않고 할 수 있는 일인가, 의미를 찾으며 할 수 있는 일인가에 대해 스스로에게 끊임없이 물어야 합니다. 적어도 이 문제만큼은 침묵해서는 안 됩니다. 그 침묵이 스트레스와 병, 무기력으로 이어져 무엇을 해도 기쁘지 않고 흥미를 느끼지 못하고 그저 사는 대로 살아가는 존재가 돼버리니까요.

나를 지키는 비평 습관, 자기 입장을 드러내는 습관은 글쓰기를 넘어 삶의 태도로 이어지는 문제입니다. 누구나 자기 생각과 감정이 있는데, 그걸 표현하지 못한다면 결코 행복할 수 없습니다. 아니, 행복이 무엇인지조차 모르고 무력한 나날을 보낼 뿐입니다.

한 강의에서 학생들에게 '행복한 삶'에 대해 글을 써보라고 한 적이 있습니다. 이전까진 열심히 과제를 내던 사람들이 순간 막막해합니다. "행복한 삶에 대해 생각해보지 않았다,

행복하지 않아 쓸 수 없다. 행복이 무엇인지 모르겠다" 등등 보통 세 가지 반응을 보입니다. 제가 "커피 한잔 마시는 이른 아침의 여유도 행복이 아닐까요?"라고 하면 "아침마다 피곤에 절어서 회사에 가요. 여유가 없어요." "그 정도로 행복이라 할 수 있을까요?"라며 오히려 되묻습니다. 이렇게 사람들은 '재미와 의미' 따윈 잊고 살아갑니다. 막연히 행복하게, 편하게 살고 싶다고 말하면서도 그 첫걸음인 '재미와 의미'는 무시합니다. 그런 것들을 즐기며 살 여유가 없다는 겁니다. 남들도 다 그렇게 평범하게 사니, 나도 그렇게 살아갈 뿐이라고 말합니다. 하지만 무력과 권태 앞에서도 괜찮다 할 사람은 없습니다. 점점 생기를 잃고, 무력하게 살아가는 자신에게 '행복'이라는 단어는 어울리지 않겠지요.

단순히 리뷰를 잘 쓰기 위해 비평을 해야 하는 것은 아닙니다. 스스로 행복해지기 위해, 내 삶을 찾기 위해 우리는 비평을 합니다. 처음에는 문턱이 높아 보이겠지만 조금씩 연습하다 보면, 비평만큼 즐거운 놀이도 없다는 것을 알게 될 것입니다. 어린이와 청소년에게도 단순 감상에서 벗어나 비평하는 습관을 기르게 합시다. 자기 입장과 주관을 뚜렷이 하는 습관이 될 테니까요.

CHAPTER 4

서평,
쉽고 빠르게 쓰는 법

김민영

01
서평 쓰기 로드맵

잘 읽히는 책을 만나면 책장이 술술 넘어갑니다. 놀라운 집중력으로 단숨에 읽어버리는 쾌감을 느낄 수 있습니다. 잘 읽히는 책의 공통점은 무엇일까요? 바로 독자와 저자가 잘 맞는다는 것입니다. 잘 맞는다는 기준은 여러 가지가 있겠지만, 그중에서도 수준을 빼놓을 수 없습니다. 자기 수준에 맞는 책을 잘 골라야 합니다. 일단, 잘 읽혀야 서평 쓰기까지 갈 수 있습니다. 글쓰기 경험도 없는 사람이 갑자기 서평을 잘 쓰긴

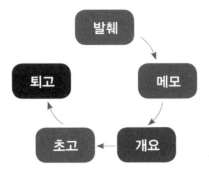

▲ 서평 쓰기의 과정

어려울 것입니다. 위의 표는 서평 쓰는 과정을 정리한 것입니다. 서평 쓰기 로드맵이라고 할 수 있습니다. 서평에 도착하는 경로인 셈이지요. 조금 귀찮더라도 이 과정을 밟다 보면 내공을 다질 수 있습니다. 어떤 종류의 서평이라도 자연스럽게 써내는 유연성이 생깁니다. 이제부터 그 과정을 하나씩 살펴보겠습니다.

발췌

발췌는 인상 깊은 부분을 옮겨오는 글쓰기입니다. 책 읽는 스타일에 따라 밑줄, 접기, 메모를 할 수도 있고, 깨끗하게 볼 수도 있습니다. 하지만 서평을 쓰려면 표시를 하는 게 좋습니다.

자연스레 인상 깊게 본 부분에 표시를 하는 것입니다. 좋아서, 재미있어서, 공감이 가서, 이해가 안 돼서, 특이해서, 감동적이어서 등등 여러 이유로 표시를 합니다. 이를 모으면 서평의 씨앗이 됩니다.

이때 독자들은 대략 두 가지 고민을 합니다.

첫째, 잘 이해하고 있는가? 이런 부분에 표시를 해도 되는가? 둘째, 표시한 부분이 너무 많은데 어떻게 정리해야 하는가? 답은 없습니다. 자기 생각을 담뿍 담을 독후감이라면 당연히 자유롭게 표시하면 됩니다. 공감 가는 문장에 밑줄을 긋거나 표시를 하고, 옮겨 적다 보면 작가의 말이 보다 구체적으로 다가올 것입니다. 그 감정들이 모여 독후감 및 서평의 씨앗이 되는 겁니다.

표시한 부분이 너무 많아 고민이라면 우선순위를 정하는 것도 방법입니다. 어느 부분이 가장 중요한가를 기준으로 정리하는 것입니다. 이때 기준은 서평의 '주제'입니다. 주제는 곧 하고자 하는 말, 메시지입니다. 이 서평을 통해 전달하고 싶은 메시지가 무엇인지를 정하고, 그와 관련된 발췌문을 적절히 활용하면 보다 효과적으로 의미를 전달할 수 있을 겁니다.

발췌를 하다 보면 자신도 모르게 기억력이 좋아지는 것

을 느끼게 될 것입니다. 전에는 읽어도 남는 게 없고, 한마디 쓰는 것도 어려웠는데, 이제는 어떤 부분이 어떻게 좋았는지 구체적으로 말할 수 있습니다. 바로 발췌의 힘입니다. 발췌법은 크게 두 종류로 나닙니다. 주관적 발췌와 객관적 발췌입니다.

주관적 발췌	객관적 발췌
· 내가 감동적으로 느낀 부분 · 내가 재미있게 읽은 부분 · 내가 유익하다고 느낀 부분 · 내가 의문점이 드는 부분	· 작품의 주제가 드러난 부분 · 작가가 강조하는 메시지 · 작가 고유의 색이 드러난 부분 (작가의 다른 책과 비교하며 찾기) · 독자나, 전문가들이 높게 평가하는 부분

▲ 내용 발췌법

독자에 따라 주관적 발췌와 객관적 발췌가 다를 수도, 비슷할 수도 있습니다. 둘의 적절한 균형이 필요합니다.

메모

메모는 생각 기록장입니다. 불현듯 떠오르는 단상부터 밑줄 그은 부분에 대한 생각, 저자에게 묻고 싶은 것들 등 무엇이든 기록합니다. 저는 책 귀퉁이에 포스트잇 붙이기를 권합니다. 책과 분리된 수첩에 정리하는 것도 좋지만 되도록 책 안에 기록의 흔적이 있어야 다시 볼 수 있고, 글 재료로 활용할 수 있으니까요.

1차 메모는 위의 내용만으로도 충분하고, 2차 메모에서는 글감을 정리합니다. 서평의 소재를 찾아 분류하고 구분하는 과정이라 할 수 있습니다. 무슨 이야기를 할 것인가, 즉 주제 선정도 중요하지만 무엇을 담을 것인가도 확인해야 하니까요.

대표적인 소재로는 책의 주요 내용 요약과 작가 소개, 발췌, 관점 등이 있습니다. 여기에 책의 특장점 소개도 덧붙이면 더욱 친절한 서평이 됩니다. 글에 따라 집필 과정이나 책 속 에피소드가 구체적으로 나와야 할 때도 있습니다. 이렇게 무엇을 담을 것인가를 정하는 과정이 메모 단계입니다. 1~2차 메모를 거치면 윤곽이 분명해지고, 이때 색이 다른 포스트 잇을 활용하면 보다 쉽게 정리됩니다.

개요

개요란 일종의 틀을 말합니다. 어떤 틀과 설계도로 글을 써 나갈 것인지 방향과 모양을 결정하는 과정입니다. 서평의 틀은 그리 다양하지 않아 다섯 가지 정도로 나눌 수 있습니다.

한 권의 책을 여러 형태로 써봐도 좋고, 여러 책을 각각의 방식으로 정리해도 좋습니다. 시작과 마무리가 막막한 초보 서평가라면 오른쪽의 표를 참조해도 좋습니다. 또 신문이나 잡지에 실린 전문가 서평을 아래의 표처럼 분석해봐도 좋습니다. 이를 통해 일종의 흐름을 발견하게 될 것입니다. 서평 쓰기가 어려운 사람에게는 이런 지도가 필요합니다. 자기 나름의 지도를 그려보는 것도 좋습니다.

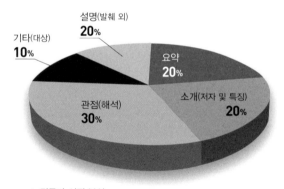

▲ 전문가 서평 분석

A타입		B타입	
1문단	작가 및 작품 소개	1문단	발췌
2문단	줄거리 / 주요 내용 요약	2문단	작가 및 작품 소개
3문단	발췌 및 해석	3문단	줄거리 / 주요 내용 요약
4문단	전체 느낌 / 추천 대상 / 추천 이유	4문단	전체 느낌 / 추천 대상 / 추천 이유
C타입		D타입	
1문단	줄거리 / 주요 내용 요약	1문단	읽게 된 배경, 단상
2문단	작가 및 작품 소개	2문단	줄거리 / 주요 내용 요약
3문단	발췌 및 해석	3문단	발췌 및 해석
4문단	전체 느낌 / 추천 대상 / 추천 이유	4문단	전체 느낌 / 추천 대상 / 추천 이유

E타입	
1문단	전체 느낌 또는 평, 간단한 작가 및 작품 소개
2문단	줄거리 / 주요 내용 요약
3문단	발췌 및 해석
4문단	추천 대상 / 추천 이유 / 마무리

▲ 서평의 틀

초고 쓰기

개요까지 준비했다면 이제 본격적인 서평 쓰기에 들어갑니다. 서평 본문은 크게 세 파트로 나눌 수 있습니다.

①	②	③
요약 (문학 / 비문학)	소개 (책의 특징, 작가 소개 등)	관점 (추천 이유, 비추천 이유)

▲ 본문 내용 구성

　어떤 내용으로 이루어져 있는지 요약하고, 책의 특징을 소개하고, 이 책을 소개하고 추천하는 이유를 쓰면 됩니다. 내용을 압축 정리하는 요약, 책을 객관적으로 소개하는 팩트 정리, 자기 관점을 쓰는 비평 등 각각 특징이 다르기 때문에 어려울 수도 있습니다. 글쓰기가 서툰 분이라면 세 파트를 각각 한 단락씩 써보길 바랍니다. 여기서 잠깐, 요약 노하우를 정리해보겠습니다.

　먼저, 문학은 여러 인물이 나오면 복잡하게 느껴집니다. 그럴 때는 주인공을 중심에 두고 주변 인물 2~4인을 소개하면 됩니다. 이때 책을 읽지 않은 사람들도 이해할 수 있도록 주인공과 해당 인물과의 '관계'를 반드시 명시해야 합니다. 인물 관계도가 명확해야 줄거리를 따라가기 쉽습니다. 몇 명을 소개할 것인지, 누구를 소개할 것인지 결정하고, 이 관계를 풀어가면서 자연스레 책 속 상황을 설명합니다. 분량은 전체의 4분의 1에서 4분의 2 정도를 추천합니다. 너무 짧으면 아쉽고, 길면 지루하기 때문입니다. 책을 읽은 사람이나 읽지 않은 사람 모두를 고려한 분량이면 좋습니다.

비문학 요약은 조금 더 쉽습니다. 목차가 있기 때문입니다. 목차에는 저자가 전달하고자 하는 핵심 키워드가 모두 담겨 있습니다. 중심 키를 찾고, 그것을 연결하면 알찬 요약이 됩니다. 비문학도 마찬가지로 모든 내용을 다 담으려 하지 말고, 핵심만 간추려 쓰면 됩니다. 분량은 문학과 마찬가지로 고려하면 됩니다. 소개 부분은 공개된 팩트를 중심으로 엮으면 되겠지요.

가장 어려운 부분이 관점인데, 간단하게 말하면 추천하는 이유만 구체적으로 쓰면 됩니다. 그저 재미있다, 좋은 책이다라는 칭찬만으로는 안 됩니다. 어떤 점이 어떻게 재미있고, 읽을 만한지를 설명해야 합니다. 구체적인 발췌를 통해서든 에피소드 소개 위주든 눈에 보이는 예로 책을 권해주는 것이 좋습니다.

자, 그러면 살을 붙여 초고를 써볼까요. 초고를 쓸 때 주의할 점은 첫째, 잘 쓰려고 하지 않는 것입니다. 과욕은 만병의 원인입니다. 멋진 문장에 대한 욕심도 내려놓길 바랍니다. 여러분에게는 퇴고의 기회가 있습니다. 우선은 펜 가는대로 쓰면 됩니다.

둘째, 쓰면서 고치지 말고 다 쓰고 고치는 겁니다. 서평 수업할 때 보면 대부분 사람들이 글을 쓰면서 고칩니다. 지웠다 다시 쓰기를 반복하며 제자리걸음을 합니다. 그렇게 에너지를 다 쏟아붓고 나면 지치게 되고, 결국에는 마무리를 못합니다.

글은 몇 번이고 묵히고 다시 봐야 좋아집니다. 대부분은 그 시간을 견디지 못해 마음에 드는 문장이나 단단한 논리를 만들지 못하고 좌절합니다. "난 글쓰기 재능이 없어"라고 외치면서 말이죠. 글은 묵히고 다시 고치는 만큼 좋아집니다. 이는 불변의 진리입니다. 끝까지 자유롭게 쓰고, 다시 보길 권합니다.

셋째, 자기 생각을 충분히 씁니다. 초고는 자유로워야 합니다. 최종고보다 분량이 많으면 좋습니다. 그래야 버릴 수 있으니까요. 무엇보다 책에 대한 입장, 즉 자기 생각을 충분히 풀어 써야 합니다. 논리적 근거도 부족하고, 구체성도 떨어질 수 있지만 그것이 내 생각이라면 자신감 있게 써봅니다.

퇴고

서평 쓰기는 퇴고가 8할입니다. 서평의 완성도를 높이는 가장 중요한 부분이 바로 퇴고입니다. 보통은 글을 쓰면서 고치기 때문에 묵히는 시간을 못 견딥니다. 어차피 묵히고 고쳐봤자 좋은 서평이 나오지 않는다는 생각 때문입니다. 묵히는 시간을 잘 견디는 사람은 많지 않습니다. 글을 잘 쓰고 싶다면, 반드시 퇴고 습관이 필요합니다. 버티고, 다시 보고, 고쳐 쓰다 보면 그 무엇과도 바꿀 수 없는 글쓰기의 보편 진리에 눈뜨게 될 것입니다.

02
분야별 서평 쓰기

∶

나의 서평은 신변잡기적인 내용은 거의 없으며, 책의 내용에 관한 정보만을 채워 넣는다. 쓸데없는 것은 생략하고, 유효한 정보만을 압축하여 넣는다. 그 책이 읽을 만한 가치가 있는가 없는가, 읽을 가치가 있다면 어떤 점에서 가치가 있는가 하는 점이 가장 중요하다. 요약과 인용을 통해 책 자체로 말한다. 나는 서평을 쓸 때 글을 써 내려가는 것의 몇 배나 되는 노력을, 소개하려는 책을 고르고 요

약하고 인용하는 과정에 쏟아붓는다. 목표는 그 책을 읽고
싶다는 기분이 들게 하여, 펼쳐보도록 하는 데 있다. 사야
겠다는 기분까지는 들게 하지 못하더라도 어떤 책인가를
알려주어, 생각지도 못한 지식의 세계를 경험하게 하고,
지적 우주를 확대해가는 즐거움을 맛볼 수 있도록 하는 데
있다. 책을 읽는 즐거움은 여러 가지가 있는데, 그중에서
도 '오호라' 하며 마음속에서 놀라움의 탄성을 지를 수 있
게 하는 한 구절을 만났을 때의 기쁨이 가장 크지 않을까
생각한다.

– 『나는 이런 책을 읽어왔다』, 다치바나 다카시 지음, 이언숙 옮김, 2001

여러분은 저널리스트 다치바나 다카시의 생각에 공감하시
나요? 그는 '신변잡기적인 내용'은 서평에 쓰지 않습니다. 오
직 책 내용만으로 서평을 쓰려고 합니다. 이유는 단 하나. 그
책이 읽을 만한 가치가 있는가 없는가를 설명하기 위해서입
니다. 쉽게 말하면 추천 이유를 밝히기 위해 책 내용에서 벗어
나지 않는다는 것입니다. 너무 엄격한 자세인가요? 그렇게 느
낄 수도 있지만, 서평을 읽는 독자라면 수긍할 수 있는 주장입
니다. 누군가 쓴 서평을 읽고, 읽을 만한 책인가 아닌가 결정할

때 글쓴이의 신변잡기적인 내용이 방해가 될 수도 있으니까요.

분야별 서평 쓰기를 관통하는 하나의 원칙을 말하라면 역시 '책으로 말하기'입니다. 각 분야의 특징을 잘 다루되, 책으로만 말한다는 원칙은 벗어나지 않는다고 보시면 됩니다.

어린이

유아 및 어린이 책 서평은 성인 책 서평보다 구체적이고 친절한 설명이 필요합니다. 성인 책 서평이 책의 완성도를 따지고, 이견을 내는 데 집중한다면 어린이 책 서평은 '읽을 가치'에 대해 보다 상세히 설명한다는 차이점이 있습니다. 서평을 쓰는 필자가 저자의 모든 책을 읽었다면 다른 책과 비교해 풍성한 해석을 보여줄 수도 있습니다. 학부모, 교사를 고려해 구체적인 연령층과 함께 독서 지도법을 덧붙이면 완성도를 높일 수 있습니다.

먼저, 분량 면에서 차이가 있습니다. 지면 및 책 분량의 특성상 어린이 책 서평은 400자에서 1,000자 이내로 쓰는 경우가 많습니다. 특히 여러분이 사서라면 이 정도 분량으로 쓰곤 할 겁니다. 일반 독자라면 더 길게 쓰기도 하겠지만, 보다 간결하고 명료하게 써야 잘 읽힙니다. 또한 독자층을 고려해

일반 서평		어린이 책 서평
분량	짧은 서평은 원고지 7~9매 긴 서평은 원고지 10매 이상	**분량** · 400자 서평부터 1,000자 서평까지 다양 (매체와 분야에 따라)
목적	1. 책 소개 2. 작품 분석 3. 작품 비평 4. 공공 담론 5. 사회적 이슈	**목적** · 1. 책 소개 2. 심리, 발달 이해 3. 독서 지도 4. 다양한 책 추천 5. 교육 효과

▲ 일반 책과 어린이 책 서평의 차이점

추천 연령대를 분명히 하고 이와 관련한 교육 효과, 독후 활
동까지 써주면 활용 가치가 높아집니다.

청소년

청소년 책 서평은 '다양한 분야'를 고려해야 합니다. 청소년
기에는 관심사가 폭넓어지기도 하고, 자신에게 초점이 집중
될 수도 있기 때문에 관심 분야를 확장해줄 수 있는 책을 소
개합니다. 또 하나 주의할 점이 있다면 ①아이들이 흥미를
느낄 책 ②아이들이 흥미를 느끼긴 어렵지만, 시야의 확장과
생각거리가 많은 책으로 구성하면 좋습니다.

첫 번째의 경우 학생의 반응은 매우 좋을 수 있지만, 자칫 편
독 습관이나 흥미 위주의 책 읽기에 그칠 수 있습니다. 두 번

째는 반응이 시시하거나 부정적일 수 있다는 점을 간과해서는 안 됩니다. 하지만 관심 분야를 확장해준다는 측면에서 도움이 됩니다. 이 시기에 고전문학 서평을 흥미롭게 구성해보는 것도 방법입니다. 고전이 다루고 있는 시대 배경과 사건에 몰입하지 못할 수도 있습니다. "나랑 상관없는 이야기잖아?"라며 고개를 돌릴 수도 있습니다. 하지만 서평자가 아이들의 관심사와 연결되는 소재를 제시해주면 상황은 달라집니다. 서평 자체만으로도 읽을 거리가 되고 책에 관심을 갖게 될 수 있습니다.

또한 어린이 책 서평과 달리 물음표를 더 많이 갖게 하고, 비판적 읽기에 다가설 수 있도록 도와주는 것이 좋습니다. 무비판적 독서는 습득에 지나지 않습니다. 익히는 것을 넘어 책의 주체가 되어 묻고 토론할 수 있도록 서평에 질문거리를 많이 넣어주면 좋습니다.

마지막으로 사회·문화·역사적 맥락을 고려해서 다양한 화제를 다루는 것도 방법입니다. 사회 곳곳에서 어떤 문제가 일어나고 있는지 보여줌으로써 책 한 권을 넘어 책 너머에 어떤 사회가 있는지 체감할 수 있도록 합니다.

성인(문학)

문학 서평을 쓸 때 최우선으로 고려할 점은 바로 줄거리 요약입니다. 대부분의 독자들은 "무슨 내용인가?"에 관심이 많기 때문입니다. 그다음 어떤 특징이 있고, 서평자가 이를 어떻게 바라봤는지를 보고 자신의 입장, 즉 책을 볼 것인가 말 것인가를 결정합니다.

　그런데, 상당수의 서평자가 줄거리 요약의 완급 조절에 실패합니다. 자기중심적으로 쓰기 때문입니다. 읽는 이를 고려하지 않고 너무 짧거나 너무 길게 쓰다 보면 독자와 소통하기 어려워집니다. 글의 4분의 1, 또는 3분의 1 정도의 비율로 간략하고 흥미롭게 요약합니다. 이는 나를 위한 글이기도 하지만, 독자에게 책을 알리는 중요한 사인이라 보시면 됩니다. 그다음에는 한발 더 나가 소개하는 책의 특징을 간략하게 소개합니다. 되도록 읽고 싶게 만드는 포인트면 좋습니다.

　마지막으로 중요한 것은 서평자의 관점입니다. 이 책을 왜 소개하는지, 추천하려는 지점이 어디인지 정확히 짚어주는 것이 필요합니다. 왜 많은 문학작품 중에 이 작품을 읽어야만 하는지 극찬의 이유를 명쾌하고 진정성 있게, 구체적으로 쓸 때 독자의 가슴은 움직입니다.

문학 서평에서 반드시 고려해야 할 부분이 있다면 발췌입니다. 작가마다 문체가 다르고, 그 문체의 향연에 독자들은 기꺼이 사로잡힙니다. 문학을 언급하면서 작가의 문체를 생략한다면 가장 중요한 핵심을 놓치는 꼴이 됩니다. 힘겹게 줄거리만 요약하는 학생들의 서평과 다르지 않습니다. 작가마다 문체를 포인트로 짚고, 정말 읽고 싶게 만드는 명대사, 명장면을 멋지게 소개하면 좋습니다. 덧붙여서 작가의 특징도 정리해봅니다. 전작주의 책 읽기에 도전해서 작가의 세계를 꿰고 있다면 서평자 역시 더욱 신나게 책을 소개할 것입니다.

성인(비문학)

비문학의 범위는 매우 다양합니다. 문학이 아닌 모든 책을 다 다룬다면 말입니다. 문학 외 책을 소개할 때 우리가 주목해야 할 것은 바로 '목차'입니다. 초보자의 경우, 책을 읽다 길을 잃을 수도 있는데, 그땐 목차로 돌아오면 됩니다. 어떤 독자는 책마다 목차를 복사해 책갈피로 활용하기도 합니다. 그는 "내용이 끊어지거나 몰입이 되지 않을 때 그 이유를 알기 위해서 목차를 복사한다"고 말합니다. 그에게 목차란 일종의 내비게이션인 셈입니다.

저자는 훌륭한 목차를 구성하기 위해 많은 시간을 쏟아붓습니다. 편집자와 씨름을 하기도 하고, 긴 회의를 거치기도 합니다. 책의 지도 역할을 하기 때문이죠. 이렇게 공들인 목차에는 바로 책의 '주요 키워드', 즉 '핵심어'가 있습니다. 그 키워드, 열쇳말을 찾으면 서평 쓰기는 매우 수월해집니다. 작가가 반복해서 사용하며 강조하는 단어일 수도 있습니다. 그런데 그걸 본문에서 찾으려고 하면 시간이 많이 걸립니다. 목차를 활용해 뽑으면 시간을 줄일 수 있고, 보다 효과적으로 읽을 수 있습니다.

비문학 서평을 쓸 때 고려할 점이 하나 더 있다면 집필 의도를 명확히 밝히는 것입니다. 동종 분야의 유사 도서들은 꽤 많이 있습니다. 서평 도서가 그 책들과 어떻게 다른지 길을 보여주는 것이 바로 서평자가 할 일입니다. 책 속에 나오는 다양한 사례를 스토리텔링으로 풀어 독자의 흥미를 끈다면 더할 나위 없이 멋진 서평이 될 것입니다.

03
서평 쓸 때 주의할 점

서평 쓰기의 팁

① 책 내용을 '전부' 요약해야 한다는 강박에서 벗어나라. 이런 서평은 지루하다.

② 무엇을 이야기할 것인지 정하라. 할 이야기가 명쾌하지 않은 서평은 단숨에 읽히지 않는다. 책을 읽지 않은 사람에게 '장황한 서평'은 고역이다.

③ 서평 쓰기 전에 밑그림 그리는 작업 즉, 구조 짜는 과정

을 거쳐라.

④ 구조를 짜면서 '주제'가 살아 있는지 점검하라. 여기서
말하는 주제는 책의 주제가 아니라 서평의 '주제'다. 왜
이 서평을 쓰는지, 하고 싶은 말이 무엇인지 스스로를
설득시키지 못하면, 독자를 설득하지 못한다.

⑤ 서평의 '제목'에는 하고 싶은 말, 즉 주제가 드러나면
좋다.

⑥ 좋은 글은 고속도로처럼 빠르다. 중간에 "턱턱" 걸리거
나, 장황하면 좋은 글이 아니다.

서평 구조 짜는 법

① 책을 읽은 후 '충분히' 생각할 시간을 갖는다.

② 생각의 시간을 통해, 서평에 '무엇을 담고 싶은지' 정
리한다.

③ 서평에 담고 싶은 키워드를 백지에 정리해본다.

④ 이 중 가장 하고 싶은 말 '한 가지'를 고른다. 나머지
키워드는 과감하게 '축소'한다.

⑤ 몇 단락으로 쓸 것인지, 단락 구성은 어떤 순서로 할
것인지 계획한다.

⑥ 단락 순서가 '유기적으로' '매끄럽게' '단숨에' 연결 되는지 살펴본다.

⑦ 만들어놓은 '구조'가 서평을 통해 하고 싶은 말, 즉 '주제'를 잘 전달하고 있는지를 점검한다.

CHAPTER 5

글쓰기 달인의 비법,
퇴고 습관

황선애

01
퇴고는 왜 할까?

⋮

발자크의 단편 중 「알려지지 않은 걸작」이라는 작품이 있습니다. 한 유명한 화가가 자신의 최고 작품이 몇 군데 미완성이라는 이유로 공개하지 않는다는 소문을 듣고 한 젊은 화가가 그를 찾아갑니다. 대가는 젊은이에게 숨겨둔 대작을 보여주면서 작품이 얼마나 훌륭한지 감격하며 설명하지만 그 작품을 본 젊은이는 경악합니다. 캔버스 위의 그림이 산만하게 떡칠한 모양새를 하고 있었기 때문이죠. 오랜 시간 동안 수정에 수정을 거듭하면서 아름다웠던 원래 그림은 묻히고 덧칠 자국만 남게 되었던 것입니다. 발자크는 이 대가의 이야기를 통해 무슨 이야기를 하고 싶었던 걸까요? 완벽주의자였던 대가의 경우를 통해 예술에서의 완성이라는 문제를 다루고 싶었던 걸까요?

문학과 비문학의 퇴고

프랑스의 시인이자 작가인 폴 발레리는 "작품을 완성할 수는 없다. 단지 어느 시점에서 포기하는 것뿐이다"라고 말했습니다.

> 작품을 종결 짓게 만드는 건 항상 피로나 만족감, 원고 제출 마감일, 혹은 죽음 등과 같은 외적인 요인 때문이지 작품 자체의 속성이 종결되는 건 아니다. 문학작품이란 작가 내면의 지속적인 변화를 꾸준히 반영하는 하나의 상태이기 때문이다.
>
> — 『글쓰기의 기쁨』(롤프-베른하르트 에시히 지음)에서 재인용

작가나 예술가들이 작품에 공을 들이고, 수없이 개작하고 퇴고를 거듭한다는 이야기는 아마도 발레리의 말처럼 예

술에서 '완성'이란 없기 때문일지도 모르겠습니다. 플로베르가『보바리 부인』을 쓰는 데 5년이 걸렸다는 얘기나 헤밍웨이가『노인과 바다』를 400번이나 고쳐썼다는 얘기는 잘 알려져 있습니다. 영국의 소설가인 맬컴 로리는 자신의 대표작인『화산 아래서』라는 작품을 최소 네 번은 새로 고쳐 썼다고합니다. 그래서 10년이나 걸렸다고 합니다. 완벽주의 성향이강했던 그였기에 결국 출판사 편집자가 거의 빼앗다시피 하며 원고를 가져갔다고 합니다. 하지만 로리는 그 후에도 계속수정을 요구했고, 교정쇄를 받고 나서 또 고치려 했다고 합니다. 아주 극단적인 경우일 수도 있지만, 작가들은 누구보다글에 민감한 사람들이니 그럴 수도 있겠지요.

안도현 시인은『가슴으로도 쓰고 손끝으로도 써라』(한겨레출판, 2009)에서 "퇴고를 글쓰기의 마지막 마무리 단계라고생각하면 오산이다", "퇴고는 처음이면서 중간이면서 마지막이면서 그 모든 것이다"라고 말합니다. 그러면서 김소월의예를 듭니다. 소월의 유명한 시「진달래꽃」은 1922년에 처음발표되었고, 그 후 3년의 퇴고 과정을 거쳐 1925년에 시집에실리게 되었다고 합니다. 우리에게 잘 알려진 "가시는 걸음걸음 / 놓인 그 꽃을 / 사뿐히 즈려밟고 가시옵소서"는 "가시는길 발거름마다 / 뿌려노흔 그 꽃을 / 고히나 즈려밟고 가시옵소서"라고 썼던 걸 고친 버전이라고 합니다.

문학에서 퇴고가 중요하다는 건 자연스러운 일이라고 생각할 수 있지만, 비문학 저자의 경우는 어떨까요? 사실 비문학의 경우도 다르지 않습니다. 모든 글쓰기에 퇴고는 꼭 필요하고 중요합니다. 구본준 기자가 쓴 『한국의 글쟁이들』(한겨레출판, 2008)에는 우리나라의 대표적 저술가 18명과의 인터뷰가 실려 있습니다.

국문학자이면서 대중적 책쓰기를 통해 고전문학과 한시의 아름다움을 알린 정민 교수 역시 글쓰기에서 퇴고의 중요성을 강조합니다. 그는 무엇보다 '전달력'을 최우선으로 고려한다고 합니다. 그래서 글을 쓰고 나면 무조건 세 번씩 소리 내서 읽어본다고 합니다. 그러고 나서도 아내에게 읽어달라고 해서 읽다가 멈추게 되는 부분이 있으면 그곳을 수정한다고 합니다. 뭔가 문장이 잘못되었기 때문이라고 본 거지요.

그는 "글쓰기에 있어 아름다움을 전혀 중시하지 않는다"라고 말할 정도로 전달력을 중시하고, 그래서 형용사나 부사를 최대한 줄이고, 접속사를 피한다고 합니다. 글의 리듬을 살리고 언어의 경제성을 따진다고 합니다. 아무리 공들여 쓴 표현이라도 퇴고 과정에서 불필요하다고 생각되면 가차 없이 잘라내고요.

같은 책에 실린 한비야 씨 역시 퇴고를 수십 번씩 한다고 합니다. 책이 술술 읽혀서 글도 쉽게 쓰인 것 같지만, 실제로는 수많은 퇴고를 거친 결과라고 합니다. 교정지가 '딸기밭' 정도가 아니라 '불바다'가 될 정도로 빨간펜의 활약이 맹렬하다고 합니다. 문학평론가로 서평책도 여러 권 낸 정여울 씨 역시 퇴고의 중요성을 확실하게 실감했음을 고백합니다.

> 저는 몇 년 전만 해도 퇴고는 글쓰기가 다 끝난 후의 마무리 작업이라고 생각했는데, 이제는 퇴고부터가 진짜 글쓰기의 시작인 것 같아요. 글쓰기의 작업을 거칠게 세 단계로 나눠서 '고안, 집필, 퇴고'로 볼 때, 전에는 1:8:1 정도의 시간과 공력을 들였다면 이제는 4:2:4의 비율로 바뀌고 있어요. 게다가 글쓰기의 절대 시간은 더더욱 늘어났고요. 최근에는 퇴고 시간이 점점 길어지는 것 같아요. 말하자면 퇴고는 자신의 글로부터 유체이탈하여 자신의 글에 대한 최초의 독자(타인)가 되어보는 경험인데, 이 시뮬레이션이 더 치밀하게 이루어질수록 자신의 글쓰기를 변화시킬 수

있는 가능성이 열리는 듯해요. 내 문장에 구토가 나오는 순간까지 고쳐보지 못한 글은 끝까지 후회가 되죠.

— 『그러니까 당신도 써라』(배상문 지음)에서 재인용

글쓰기 초짜와 타짜의 차이

자신의 문장에 구토가 나올 때까지 글을 고쳐보지 않으면 후회가 된다고 하는 저자는 자신의 글에 굉장히 엄격한 경우라고 할 수 있습니다. 하지만 퇴고가 글쓰기가 끝난 후의 마무리 작업이 아니라 진짜 글쓰기의 시작이라는 말에서 우리는 또 한번 퇴고의 중요성을 확인하게 됩니다.

배상문은 『그러니까 당신도 써라』(북포스, 2009)에서 글쓰기의 '초짜'와 '타짜'를 이렇게 구분합니다. "초짜는 글을 쓰기 전에 고민하는 시간이 길고, 타짜는 글을 쓰고 나서 고민하는 시간이 길다. 초짜는 마지막 문장을 쓰고 나면 '끝'이라고 생각해서 탄성을 내지르고, 타짜는 '시작'이라고 생각해서 한숨을 내쉰다." 이렇게 초짜와 타짜가 다른 건 글을 보는 안목의 차이에서 옵니다. 눈이 낮으면 고칠 것도 없어 보이고 당연히 퇴고도 느슨해지겠지요.

『대통령의 글쓰기』(메디치미디어, 2014)의 저자 강원국은 노무현, 김대중 두 대통령의 연설비서관직을 수행하면서 대통령의 글쓰기를 가까운 거리에서 경험하고 그 경험을 책으로 냈습니다. 그는 글에 대한 두 대통령의 안목에 대해 이렇게 말합니다. "두 대통령은 눈이 높았다. 한마디로 고수다. 고수일수록 퇴고에 많은 시간을 할애한다. 실제로 쓰는 시간보다 고치는 시간이 더 길었다. 초고가 완성되면 발제 정도가 끝난 것이다. 그때부터가 본격적인 글쓰기 시작이다. 고치는 것은 마감 시한도 없다. 연설하는 그 시각이 마감 시각이다. 그때까지는 계속 고친다."

예술가든 작가이든, 인문학자든 연설가든 글을 쓰는 모든 사람에게 퇴고는 글쓰기의 거의 모든 것이라 할 정도로 중요합니다. 글의 완성도를 위해 고치고 또 고치는 일은 글쓰기의 시작이자 마지막이라고 할 정도입니다. 이러한 퇴고 과정이 고통스러워 보일 수 있지만, 실제로 퇴고는 완성도가 높아지는 기쁨을 체험할 수 있기에 희열을 느끼는 경험이 될 수도 있습니다. 글쓰기가 즐거운 고통이 되는 것이지요. 파괴를 통한 창조의 과정이면서 미적 안목을 만족시켜주는 과정이 될 테니까요.

퇴고는 일종의 부화 시간이라고 할 수 있습니다. 갓 완성한 초고를 달걀을 품듯 오랫동안 품고 있다면 달걀을 깨고 건강한 병아리가 태어나듯 더 좋은 글이 완성될 수 있습니다. 퇴고는 글에 담긴 자신의 생각과 느낌을 좀더 명료하게 만들기 때문에 결국 자신의 정체성을 확인하는 과정이라고 할 수 있습니다. 글을 통해 자신을 확인하는 것, 즉 퇴고의 달인이 되는 길은 결국 자신을 더 잘 알아가는 과정이기도 합니다.

02
퇴고할 때 주의할 점

퇴고는 어떠해야 하는지를 좀더 구체적으로 살펴보겠습니다. 시중에 나와 있는 글쓰기 관련 책을 보면 퇴고할 때 체크할 리스트들을 제시하고 있습니다. 일반적으로 주제가 확실하게 드러나는가, 서술이 논리적이고 단락 연결이 자연스럽게 이어지는가, 문장은 간결하고 명료한가, 좀더 구체적으로는 주술 호응이 맞는가, 또 단어 사용이 적절하고, 반복은 없는가, 띄어쓰기나 맞춤법이 제대로 되었는가 등에 유의하라고 합니다.

『글쓰기는 주제다』(아카넷, 2014)의 저자 남영신은 "글이란 주제 의식을 가지고 그것을 드러내기 위하여 쓰는 것이므로 그 목적에 이를 때까지 긴장감 있게 전개되어야 한다"라고 말합니다. 글이란 무언가를 표현하여 소통하고자 하는 수단인 만큼 말하고자 하는 주제가 분명하게 드러나는 것이 중요하겠지요. 서평 쓰기에서도 이 점이 중요합니다. 책에 대해 내가 하고 싶은 말, 즉 주제 의식이 제대로 전달되고 있는지를 살펴보는 것이 중요합니다. 그것을 확인하는 한 가지 방법으로 제목이 나의 관점을 제대로 짚어내고 있는지를 보는 것입니다. 관심을 끌기 위해 특이한 제목을 붙일 수도 있지만, 중요한 건 서평의 핵심적인 내용을 어떤 식으로든 표현하고 있는가를 봐야 합니다.

배상복의 『문장 기술』(씨앤아이북스, 2009)은 문장 차원에서 퇴고 시에 유의할 점을 자세하게 다루고 있습니다. 간결하게 쓰기, 중복 피하기, 주술 호응, 피동형 피하기, 적확한 단어 선택에서 단어의 위치, 그리고 띄어쓰기와 외래어 표기법까지 친절하게 알려줍니다. 이런 책을 참고로 하면 문장 차원에서 퇴고할 때 도움이 됩니다.

정확한 정보와 관점 정리

서평은 객관적 글쓰기와 주관적 글쓰기가 혼합된 형태입니다. 책이라는 매개를 갖고 쓰는 글이기에 책에 대한 내용을 객관적으로 알려주고 동시에 비평이라는 관점에서 자신의 해석과 평가를 보태는 것이지요. 그렇다면 두 가지 요소, 즉 객관적 정보와 주관적 관점이 잘 들어가 있는지, 그리고 서로 유기적으로 잘 연결되어 있는지를 보는 것이 중요합니다.

일단 객관적 정보에서는 저자와 책에 대한 정보가 정확하게 기술되었는지를 확인해야겠지요. 소소한 것이지만 저자의 생몰 연대, 책이 출간된 시기나 배경 설명에 대해 정확한 정보를 제공하는 것이 중요합니다.

성석제의 『투명인간』(창비, 2014)에 대한 서평 쓰기 강의에서 나온 사례를 들어 얘기해보겠습니다.

> 2014년 10월 남산예술센터에서 연극 〈투명인간〉이 상연되었다. 연극 〈투명인간〉에 등장하는 아버지는 가족들로부터 존재를 부정당하고 투명인간이 된다. (중략) 여기 또 한 명의 투명인간이 있다. 성석제의 소설 『투명인간』

속 만수다. 성석제는 이 작품을 통해 가족과 사회로부터 정당한 가치를 인정받지 못하고 그 존재가 투명해지는 안타까운 인물상을 그리고 있다.

위의 글에서는 동명의 연극과 소설을 비교하고 있는데, 객관적인 정보 부족으로 연극이 소설을 바탕으로 한 것인지, 원작자가 다른지 알 수가 없습니다. 연극 〈투명인간〉에 대한 정확한 정보를 주는 것이 필요해보입니다.

서평에서는 책 내용에 대한 소개가 들어가게 되는데 이때 편파적이지 않고, 객관적으로 내용을 정확하게 요약하는 것이 중요합니다. 문학에서는 전체적인 줄거리를 간략하게 알려주고, 비문학의 경우도 어떤 책인지 기본적인 정보를 간략하게 주면 좋습니다. 그런데 이런 의문이 들 수 있습니다. 짧은 서평에서 어느 정도로 책 전체 내용을 요약정리해야 할까? 하는 질문이지요. 소설의 경우는 줄거리를 어느 정도로 자세하게 요약해야 할까? 하는 의문이 들 테고요.

사실 책 내용에 대한 대략적인 정보는 인터넷에서 쉽게 얻을 수 있습니다. 일반 독자가 서평을 쓸 때도 이미 인터넷에 나와 있는 책소개나 책 뒤의 설명을 참조하기도 합니다. 그런데 군이 누구나 쉽게 찾아볼 수 있는 정보를 서평에 옮겨 적는 것이 필요할까 하는 생각을 할 수도 있습니다. 그렇다면 어떤 객관적 정보가 서평에 들어가는 것이 바람직할까요?

책 내용을 간략하게 요약하는 것 외에 객관적 정보가 들어가는 경우는 책을 통해 내가 말하고 싶은 내용, 즉 나의 주관적 해석이나 평가가 들어간 부분과 연관이 있을 때입니다. 그래야만 내가 서평을 통해 하고자 하는 내용과도 유기적으로 연결이 될 테니까요. 그렇지 않고, 단순히 인터넷이나 책 소개 정보에 나와 있는 일반적인 내용을 옮겨 적게 되면 객관적 정보와 나의 주관적 관점이 서로 연결되지 못하고 따로따로 놀게 됩니다.

예를 들어, 문학 책에 대한 서평을 쓴다고 할 때 책의 줄거리는 한두 문장으로 요약할 수 있습니다. 위의 사례처럼 "성석제는 이 작품을 통해 가족과 사회로부터 정당한 가치를 인정받지 못하고 그 존재가 투명해지는 안타까운 인물상을 그리고 있다"라고 요약할 수 있겠지요. 또는 "『투명인간』은 한국의 현대사를 살아낸 3대에 걸친 가족의 이야기다. 김만수를 중심으로 한국사의 굵직굵직한 사건과 이에 얽힌 민중들의 삶이 구체적이고 현실감 있게 그려지고 있다"라고 할 수도 있고요. 이런 식의 요약은 서평의 도입에서 책에 대한 객관적 정보를 제공할 때 줄거리를 간단하게 소개하는 식이라고 할 수 있습니다. 하지만 서평에서 나의 해석과 관점을 개진할 때 책의 내용을 다시 가져오게 됩니다. 객관적인 정보와 해석이 서로 맞물리면서 함께 가는 것이죠. 이때는 책 전체 내용에서 내 논지에 필요한 부분만 선별적으로 제시하면 됩니다. 이 경우에도 줄거리나 상황, 인물에 대한 내용이 시간적, 논리적으로 정확하게 요약되고 스토리텔링되는 것이 중요합니다.

인용과 발췌문 점검

또 한 가지 서평 퇴고 시에 주의할 점은 인용이나 발췌입니다. 서평에는 책 속의 내용을 단어, 구문, 문장, 혹은 단락으로 인용할 때가 있습니다. 이때 유의할 점은 인용이나 발췌가 꼭 필요한지 생각해보는 것입니다. 예를 들어보겠습니다. 『투명인간』 서평의 다른 버전입니다.

주인공 만수는 "대가리가 절구통같이 크고 팔다리는 쇠꼬챙이같이 빌빌 돌아가 지대로 인간이 될랑가 걱정스럽게 태어났지"(34쪽)만 커가면서 사람 구실하는 게 남달랐다. "요강 비우기와 나물 캐는 일, 돼지와 닭 모이 주기, 나무하기 등 온갖 집안일은 도맡아하고 손재주도 타고났다. 마음이 착하고 순하고 무슨 일이든 제 맡은 몫을 다하려고 애를 썼다."(71쪽) 또한 사랑하는 가족을 위해서라면 자신이 가진 모든 것을 희생한다.

주인공 만수에 대한 이야기를 하려는 경우인데, 문장 속에 인용문이 함께 들어가거나 따로 여러 인용 문장이 이어지고 있습니다. 그런데 이 내용은 그대로 인용할 필요는 없어 보입니다. 만수를 묘사하는 내용을 그대로 인용할 필요 없이 요약해서 짧게 써주는 게 낫습니다. 게다가 긴 인용문을 그대로 문장 사이에 넣는 것도 좋은 글쓰기 방식은 아닙니다.

단락 형태로 발췌를 하는 경우도 마찬가지입니다. 일단 발췌문이 줄거리로 요약될 수 있으면 요약을 하는 게 낫습니다. 발췌는 꼭 필요할 때, 즉 내가 하고 싶은 말, 나의 관점을 뒷받침하기 위해 꼭 필요할 때, 요약으로는 전달이 불가능할 때 하는 것이 좋습니다.

　요컨대 서평 퇴고 시에는 객관적 정보와 주관적 관점이 적절하게 어울리고 있는지, 인용이나 발췌가 꼭 필요한지, 적절하게 앞뒤 맥락과 어울리는지를 봐야 합니다. 그리고 무엇보다 자신의 관점이 분명하게 드러나는지를 봐야 합니다. 자신이 책을 통해서 무엇을 말하고 싶었는지, 그것을 어떻게 적절한 인용과 발췌, 스토리텔링, 요약을 통해 드러내고 있는지를 봐야 합니다. 주제가 분명히 드러나는 글인가를 보는 것이지요. 그리고 주제는 매 단락마다 하나의 소주제로 엮어져야겠지요. 여기에 간결한 문장, 적절한 어휘 선택도 중요하고요. 그렇게 한 편의 서평은 유기체처럼 통일성을 갖게 됩니다.

03
퇴고로 바뀐 서평들

·
·
·

이 장에서는 퇴고를 거쳐 완성된 두 편의 서평을 구체적으로 분석해보겠습니다. 두 편의 서평은 각각 문학과 비문학을 대상으로 하는데요. 서평의 구성과 흐름을 짚어보면서 기본적으로 갖춰야 할 서평의 요소들이 어떻게 어울리면서 메시지를 전달하고 있는지 살펴보겠습니다.

소설 서평 분석 - 『고령화 가족』

지지리 궁상 가족의 좌충우돌 부활 프로젝트

『고령화 가족』, 천명관 지음, 문학동네, 2010

① 지지리 궁상, 책의 인물들을 설명할 때 이만큼 딱 붙는 말도 없지 싶다. 약속이나 한 듯이 인생에 실패한 중년의 3남매는 70대 홀어머니의 집으로 꾸역꾸역 차례로 돌아온다. 24평 좁디좁은 연립주택에서 평균연령 49세의 고령화 가족이 탄생한다. 도를 넘은 가족 간 불화는 계속되고, 몰랐던 출생의 비밀까지 겹쳐지면서 이야기는 막장을 치닫는다. 정말 지지리 궁상이 따로 없다.

② 고령화 가족은 유쾌한 작가, 천명관이 『고래』이후 두 번째로 발표한 장편소설이다. 천명관에 열광하는 1인으로서 그의 거침없이 유려한 문체를 대하는 것은 항상 즐겁다. 해학과 풍자, 그리고 특유의 촌스럽지 않은 막장 이야기까지 그의 건재함이 반갑다. 그러나 이번 소설은 느낌이 사뭇 다르다. 전작 『고래』와는 달리 직설적인 묘사와

사실적인 사건이 중심이다. 때문에 녹록치 않은 조건과 계속되는 불행 속에 갇힌 루저들의 피곤한 삶이 현실감 있게 다가온다.

③ "지루한 일상과 수많은 시행착오, 어리석은 욕망과 부주의한 선택…… 인생은 단지 구십 분의 플롯을 멋지게 꾸미는 일이 아니라 곳곳에 널려 있는 함정을 피해 평생 동안 도망 다녀야 하는 일이리라. 애초부터 불가능했던 해피엔딩을 꿈꾸면서 말이다."

④ 한때 영화감독이었지만 철저히 인생을 말아먹은 '나', 전과 5범에 먹을 것과 '그것'만 밝히는 120킬로그램 거구 형, 두 번의 이혼에도 바람기를 주체하지 못하는 여동생, 그리고 문제아인 여동생의 딸, 게다가 믿었던 엄마마저 추잡한 불륜 이야기의 주인공으로 밝혀지면서 헤어날 수 없는 낭떠러지로 가족은 추락을 거듭한다.

⑤ 그러나 소설은 긍정의 이야기이다. 그 모든 불운과 궁상에도 불구하고 가족은 나름의 희망과 탈출을 조심히

꿈꾼다. 그리고 그 중심에는 엄마가 있다. 늙은 자식들의 끼니를 군말 없이 챙기면서 엄마는 '이보다 더 안 좋은 때도 있었다'며 자신과 가족들의 상처를 보듬는다. 몰랐던 서로 간의 의리와 끈끈한 정은 조카의 가출 사건을 통해 새삼 발견되고 서로의 부활을 묵묵히 응원한다. 종말의 끝에서 오히려 희망을 건져낸 '나'는 부활의 원천이 바로 희생이었음을 깨닫는다.

⑥ "헌신적으로 나를 보살피는 캐서린을 지켜보며 나는 한 인간의 삶은 오로지 이타적인 행동 속에서만 완성되어 간다는 생각이 들었다. 누군가를 돌보고 자신을 희생하며 상대를 위해 무언가를 내어주는 삶…… 거기에 비추어 보면 나의 삶은 얼마나 이기적이고 불완전한 삶이었던지."

⑦ 어느 소설에서 읽은 구절인데, 역사란 승자나 패자의 것이 아닌 살아 있는 자의 것이라고 했다. 그 궁색함과 초라함에도 이 책이 흡입력을 갖는 건 이러한 평범한 진리를 놓치지 않고 있기 때문이다. 초라하고 지질한 대로 자신에게 허용된 삶을 있는 힘껏 살고자 하는 주인공의

마지막 깨달음이 깊은 여운을 준다.

⑧ "초라하면 초라한 대로 지질하면 지질한 대로 내게 허용된 삶을 살아갈 것이다. 내게 남겨진 상처를 지우려고 애쓰거나 과거를 잊으려고 노력하지도 않을 것이다. 아무도 기억하지 않겠지만 그것이 곧 나의 삶이고 나의 역사이기 때문이다."

전체적으로 경쾌하게 읽히는 서평입니다. 책에 대한 해석의 관점이 재미나고 그러면서 안정적으로 글을 전개하고 마무리하고 있습니다. 제목부터 호기심을 자아내고 있죠. '지지리 궁상 가족의 좌충우돌 부활 프로젝트'. '지지리 궁상 가족'이라는 말과 '좌충우돌 부활 프로젝트'가 서로 대조되는 어감과 주제를 가지고 독자의 기대를 자극합니다.

서평의 첫 문단 ①에서는 이 제목을 설명하면서 소설의 설정과 자연스럽게 연결시킵니다. '지지리 궁상 가족'의 모습이 어떤 것인지 단번에 알 수 있죠. '막장'으로 치달을 수 있는 가족 상황에 대해 운을 띄우면서 시작합니다.

하지만 ②에서는 잠시 뜸을 들이며 작가를 소개하고 있습니다. '유쾌한 작가', '거침없이 유려한 문체'를 구사하는 작가, '해학과 풍자', '촌스럽지 않은 막장이야기' 등 작가의 특징을 얘기하면서 작가의 팬임을 드러냅니다. 이미 작가를 좋아했던 독자로서 전작 『고래』와의 비교와 차이에 대한 의견도 제시하고 있고요. 이전 작품과 달리 '사실적인' 사건과 인물들의 '피곤한 삶이 현실감 있게 다가온다'는 평가를 하고 있습니다. 이러한 인물들의 삶을 암시하는 소설 속 문장이 ③에서 발췌문으로 인용되고 있습니다.

④에서는 좀더 구체적으로 소설 속 인물을 소개하고 있습니다. 간략하게 각 인물의 특징을 묘사하고 있습니다. 그러면서 불행해 보이는 루저의 삶을 긍정적으로 바라보는 필자의 시선, 즉 관점이 ⑤에서 이어집니다. "그러나 소설은 긍정의 이야기이다"로 시작되는 이 단락에서 엄마의 '희생'이란 관점에서 시작해 누군가의 희생이 서로의 부활을 응원하는 힘이 됨을 얘기합니다. 필자는 자신의 관점을 뒷받침해주는 근거로 '나'의 깨달음을 ⑥에서 발췌문으로 인용하고 있습니다. ⑦에서는 마무리 멘트로 삶에서 승자와 패자가 중요한 것이 아니라 살아 있음 그 자체, 살고자 하는 의지가 중요함을 얘

기하고 있으며, ⑧에서 인물의 말을 인용하면서 마무리를 짓습니다.

이 서평은 1)흥미로운 제목과 호기심을 자아내는 도입 2)본문과 밀접하게 연결되는 발췌문 제시 3)간략하지만 소설 전체를 조망할 수 있는 줄거리 요약 4)해석의 관점이 확실하게 제시되고 있다는 점 5)간결한 문체로 읽기 쉽고 6)전체적으로 흐름이 자연스럽다고 할 수 있습니다. 물론 작품에 대한 관점이나 해석이 깊게 들어가진 않습니다. 하지만 서평은 비평이 아니니까 이렇게 자신이 책을 읽고 가장 강하게 느낀 점을 관점으로 제시하면 됩니다. 중요한 건 그 관점이 소설의 내용에서 이끌어낸 것이라는 걸 발췌를 통해 설득력 있게 보여주는 것입니다.

비소설 서평 분석 – 『삶을 위한 철학 수업』

두 번째 서평 예시는 비문학입니다. 사회학자 이진경의 『삶을 위한 철학수업』(문학동네, 2013)입니다. 문학에서 작품의 줄거리 요약, 소설에 대한 해석적 관점의 제시가 중요하다면 비문학에서는 대체적으로 내용 요약정리와 책의 가치에 대한 평가가 중요합니다. 먼저 서평을 보겠습니다.

스스로 선택하고 책임지는 삶을 위한 지표

『삶을 위한 철학수업』, 이진경 지음, 문학동네, 2013

① 철학하면 으레 어렵고 딱딱한 관념을 떠올린다. 오랜 시간 공부가 필요한 학문의 대상으로 생각하기 쉽다. 이러한 편견 때문에 철학은 현실과 동떨어진 형이상학적 영역에 존재하는 경향이 많은데, 이는 일상에 기반을 둔 대중적이고 실천적인 철학서가 그만큼 부족함을 반증하기도 한다. 이런 점에서 『삶을 위한 철학수업』은 철학에 대한 편견과 거리감을 줄일 수 있는 좋은 시작이 될 만한 책이다. 연대순의 복잡한 철학 이론이나 관념어를 늘어놓는 대신 삶에서 맞닥뜨릴 수 있는 철학적 고민들을 일상의 언어로 하나씩 짚어가기 때문이다. 직접적인 경험이나 영화 등 친숙한 매체를 활용한 쉬운 설명이 더해져 책은 다양한 연령의 독자들이 모두 편하게 읽을 수 있는 대중적 철학서로 손색이 없다.

② 저자 이진경은 사회학 교수이자 『철학과 굴뚝 청소부』, 『히치하이커의 철학여행』 등의 베스트셀러 철학서를

쓴 유명 인문작가로 학문 공동체인 '수유너머N'을 조직하여 운영하는 등 실천 학문의 대표 주자로도 명망이 높다. 책은 작가의 다양한 사회 활동과 오랜 집필 내공이 고스란히 담긴 최근의 결과물로 제목대로 독자의 삶에 도움이 될 만한 알찬 철학 수업 내용을 담고 있다. 편안한 문체와 '이모티콘'이 포함된 재밌는 문장들로 꽤나 즐겁고 졸리지 않은(?) 강의 시간이 펼쳐진다.

③ '자유를 위한 작은 용기'라는 부제를 가진 책은 '삶과 자유, 만남과 자유, 능력과 자유, 자유와 욕망' 등의 4부로 나누어지고, 각 부는 5개의 작은 주제를 포함하여 총 20가지의 강좌로 이루어져 있다. 책의 중심 테마인 자유는 민주주의와 해방 등과 관련된 거창하고 거시적인 성격의 관념이 아니다. 그것은 일상에 매몰되지 않고 사회에 주눅 들지 않은 채 스스로의 용기와 결단으로 내딛길 바라는 자그마한 발걸음에 가깝다. 그러나 하루하루를 메마르게 하는 숨 막히는 일상과 부지불식간에 우리의 욕망을 어지럽히는 배금주의적 사회는 그 발걸음을 쉽게 떼지 못하게 한다. 책은 이러한 현실적 어려움을 극

복하기 위한 힘과 용기를 주고자 한다. 고통과 자유, 돈과 자유, 욕망과 자유 등 20가지의 테마를 통해 진솔하고 구체적인 방안을 제시하면서 자유를 찾아가기 위한 여정에 좋은 길잡이가 되기를 자처한다.

④ 좋은 길잡이로서 책이 가진 특별한 장점 중 첫 번째로 세상과 자신을 판단하는 틀로 제시된 유용한 용어들을 들 수 있다. 용어들은 서로 상반되는 개념이 두 쌍으로 이루어져 있어 이해하기 쉽고 기억에 오래 남는다. 대표적인 것으로 '사고'와 '사건', '강자'와 '약자', '헝그리 정신'과 '궁상', '자존심'과 '자긍심' 등을 뽑을 수 있는데, 특히 '사고'와 '사건'에 대한 저자의 정의가 인상 깊다. '사건'이란 "그것 이전과 이후가 같을 수 없는 어떤 구부러짐(곡절)을 만드는 경우"로, 이로 인한 "변화를 나의 새로운 삶으로 받아들이고 긍정"할 때 가능하다. 반면에 '사고'는 "이전과 이후가 크게 다르지 않게 수습하려 하고 그로 인해 피할 수 없는 행로의 차이를 최소화할 때"의 경우이다. 따라서 똑같은 일이라도 그것을 '사고'로 부정할 때는 삶의 필연적인 불행이 되지만, 그것을 '사건'으로 긍정할 때

는 삶의 필연적인 행복이 된다는 것이다.

⑤ 책의 두 번째 장점은 영화와 음악, 만화 등 대중에게 익숙한 소재를 가져와 쉽고 명료하게 자유의 의미를 깨닫게 해준다는 점이다. 특히 다큐멘터리 영화 〈서칭 포 슈가맨〉에서 앨범의 실패에도 좌절하지 않고 일상의 평범함을 묵묵히 견뎌낸 로드리게즈가 결국 외국에서 뮤지션으로 성공하는 모습은 삶을 긍정한다는 것이 어떤 것이고, 그 힘이 얼마나 고귀한 것인지를 여실히 느끼게 해준다. 또는 박찬욱 감독의 〈올드보이〉에서 복수에 성공했지만 결국 자살한 이우진(유지태)의 예에서 복수의 역설과 감정에 휘말린 인생의 부질없음을 설명하는 부분이 기억에 오래 남는다.

⑥ 책의 마지막 장점으로 저자의 가치관을 잘 드러내면서 책의 주제를 함축적으로 담고 있는 촌철살인 문장들을 뽑을 만하다. 간결하면서도 이해가 쉬운 깊이 있는 문장들은 오랜 기간 글을 쓰고 다양한 공간에서 철학의 대중화에 힘쓴 저자의 노력을 짐작케하는 부분으로, 선사의 죽비처럼 장황한 설명 없이 한 번에 생각을 일깨우는 상

쾌함이 묻어 있다.

⑦ 훌륭한 성공의 기술보다 더 어려운 것은 훌륭한 '실패'의 기술이다.(34쪽) / 사랑은 어느 날 닥쳐온 사건의 선물이지만, 우정은 함께한 시간의 선물이다.(115쪽) / 우리는 누군가 내게 행한 열 번의 좋은 일을 잊기 위해서 한 번의 나쁜 일이면 충분한 존재다.(168쪽) / 늙는다는 것에 대해 "입력장치는 고장나고 출력장치만 작동하는 상태"라고 정의한 적이 있다. (중략) 30대 중반이면 많은 이들이 공부를 끝내고, 늙기 시작한다. 한국은 '젊은 노인의 사회'다.(249쪽)

⑧ 스스로 선택하고 스스로 책임지는 삶을 살기 위한 좋은 지표가 될 만한 책이다. 짧은 호흡의 문장과 익숙한 요소를 활용한 작가의 풀어 쓰기 능력이 남달라 대중적 입문 철학서로도 활용할 가치가 높다. 많은 독자들에게 책을 읽기 전과 읽은 후의 삶이 확연히 달라지는 '사건'을 불러일으킬 만한 인문서가 되기를 기대해본다.

'스스로 선택하고 책임지는 삶을 위한 지표'라는 제목은 서평 내용이 제시하는 방향을 암시하고 있습니다. 도입 단락 ①은 철학에 대한 선입견에 대해 언급하면서 시작합니다. 이런 도입은 공감대를 형성하는 데에 좋겠지요. 많은 사람들이 생각하는 바를 꼭 짚어주기 때문이죠. 이렇게 시작한 글은 '일상에 기반을 둔 대중적이고 실천적인 철학서'의 부재를 아쉬워하면서 그만큼 이 책의 가치를 더 돋보이게 만듭니다. 서평자는 이 책이 일상의 언어로 삶의 고민을 풀어놓은 좋은 책이며, 철학에 대한 편견과 거리감을 줄여준다고 평가합니다.

이어서 ②에서는 저자에 대한 소개를 합니다. 인문서의 경우, 저자의 이력과 그동안의 저작 활동 등이 책을 이해하는 데 도움이 될 수 있기 때문에 포함하면 좋습니다. 여기서는 저자 소개와 문체의 특징도 함께 얘기하면서 지루하지 않는 '철학서'로 독자를 유인하고 있습니다.

③에서는 본격적으로 책의 내용을 소개합니다. 전체적인 구성과 중심 테마에 대해 설명합니다. '자유'라는 개념이 이 책에서 어떻게 사용되고 있는지를 구체적인 예시를 들어주면서 이해하기 쉽게 설명하고 있습니다.

이어지는 ④~⑥의 세 단락에서는 이 책의 특징과 장점을 짚었습니다. ④에서는 책에서 사용된 독특한 용어 사용을 예시로 들어 설명하고, ⑤에서는 책에서 영화나 만화 등 대중문화적 요소를 가져온 점에 점수를 주면서 구체적인 예시를 듭니다. ⑥에서는 저자의 가치관이나 주제를 함축하는 촌철살인의 문장을 장점으로 들고 있습니다. 이어지는 ⑦에서는 그러한 문장들을 인용하고 있고요. 마무리 문단인 ⑧에서는 '스스로 선택하고 스스로 책임지는 삶을 살기 위한 좋은 지표'가 될 만한 책이라고 추천 이유를 얘기하고 있고, 이 전체 평가가 서평 제목이 되었음을 볼 수 있습니다. 또한 책 속의 용어이면서 동시에 서평에서도 자세하게 설명하고 있는 '사건'이라는 말을 이용해 독자에게 말을 걸고 있고요. 이 책이 독자에게도 삶이 바뀌는 하나의 '사건'이 되기를 바란다는 마무리 센스도 좋습니다.

전체적으로 안정감 있게 시작해서 마무리하고 있는 서평입니다. 저자에 대한 소개와 책 소개를 적절하게 하고 있고, 무엇보다 자신이 평가하는 책의 가치와 특장점에 대한 의견이 설득력 있게 제시된 점이 돋보이는 서평입니다. 비문학 서평에서 중요한 책의 내용 정리와 책의 가치에 대한 평가가 균형 있게 잘 드러나는 경우라 할 수 있습니다.

04
퇴고 습관을 위한 매일 10분 글쓰기

퇴고란 글을 더 좋게 만드는 일입니다. 한 번에 좋은 글이 나오는 경우는 거의 없습니다. 글쟁이들도, 작가들도 초고는 '쓰레기'라고 말할 정도로 퇴고는 필수 불가결합니다.

작가 김연수는 『소설가의 일』(문학동네, 2014)에서 "글을 쓰려면 초고를 써야 하는데 초고를 쓰면 글을 쓰기가 싫어진다"고 하면서 창작의 딜레마를 호소합니다. 그는 초고를 쓸 때 "음식물쓰레기통에서 넘쳐흐른 것만 같은 문장"을 써내려가는 것 같다고 극단적인 표현을 하기도 합니다. 하지만 그렇기 때문에 그만큼 퇴고의 즐거움을 경험한다고 합니다. 왜 쓰는가?라는 한 인터뷰 질문에서 그는 "조금씩 조금씩 고치는 즐거움" 때문에, 그래서 "조금씩 나아지는 즐거움을 알아가기 때문에 계속 쓴다"라고 말합니다.

잘 써야 한다는 강박 없이 매일 쓰기

더 나아지는 글을 쓰기 위해서는 퇴고가 필요합니다. 그런데 더 나아지는 글을 쓴다는 건 결국 좋은 글을 쓰는 것이고, 좋은 글을 쓰기 위해서는 계속 쓰는 것이 중요합니다. 계속 쓴다는 건 결국 글쓰기를 습관처럼 하는 것이겠지요. 많은 글쓰기 책들이 글쓰기 습관을 키우라고 강조합니다. 앞에서 언급한 『작가 수업』의 저자 도러시아 브랜디는 하루 15분 시간을 내어 글쓰기를 하라고 조언합니다. 조언이 아니라 거의 '경고' 차원에서, 글쓰기를 하겠다고 마음먹었다면 매일 15분의 시간을 자신과의 약속으로 생각하고 반드시 실천하라고 합니다. 만일 이 훈련에 실패하면 글쓰기를 포기하라고 하면서요.

『달리기를 말할 때 내가 하고 싶은 이야기』(문학사상사, 2009)를 쓴 무라카미 하루키 역시 글쓰기에서 중요한 것으로

'지구력'과 '집중력'을 꼽고 있습니다. 책을 낸 시점까지 23년간 스물세 번의 마라톤 풀코스를 뛴 그는 자신은 경기에서 이기고 지는 것에는 크게 신경 쓰지 않는다고 말합니다. 중요한 건 자신이 설정한 기준을 만족시키느냐 아니냐이며, 자신이 이루고자 하는 목표를 세우고 그 목표를 달성하기 위해 매일매일 노력해왔다고 말합니다. 글쓰기 습관에 응용해본다면, 매일 15분의 시간이든, 원고지 10장의 분량이든 목표를 정해놓고 실천하는 것이 가장 중요하겠지요. 작가 김훈의 경우도 '필일오(必日五)'라고 써서 책상 위에 붙여놓고 하루에 원고지 5매를 꼭 쓴다고 합니다.

물론 이 책을 읽는 대부분의 독자는 작가를 목표로 하지는 않을 수 있습니다. 하지만 어떤 글이든 잘 쓰기 위해서는 꾸준히 쓰는 것이 중요합니다. 앞에서 언급한 줄리아 카메론의 '모닝 페이지'를 적극 활용하는 것도 하나의 방법이겠지요. 매일 아침 의식의 흐름을 좇아 3쪽 정도 적어가는 모닝 페이지는 글쓰기의 두려움을 없애주는 좋은 방법이며 동시에 글쓰기 습관을 만들어주는 하나의 방법이 된다고 생각합니다.

글쓰기가 습관이 되지 않는 이유 중 하나는 글쓰기의 두려움 때문이고, 그 두려움이란 처음부터 잘 써야 한다는 강박 때문이기도 합니다. 그렇기 때문에 내면의 검열관을 무시하고 소재나 주제에 구애받지 않고 매일 의식이 흐르는 대로 글쓰기를 하게 되면, 어느 순간 글쓰기가 편해질 수 있습니다. 그리고 글쓰기가 습관이 되면서 다양한 글쓰기로 나아갈 수 있는 발판이 될 수 있다고 생각합니다.

글을 보는 안목 높이기

퇴고를 잘하기 위해 중요한 또 한 가지 조건은 글을 보는 안목을 높이는 일입니다. 퇴고를 한다는 건 더 좋은 글을 만드는 것이고, 그렇게 하기 위해서는 글에 대한 안목이 있어야 하기 때문입니다. 실제로 우리는 자신이 쓰고 싶은 만큼 잘 쓰지 못하는 경우가 많습니다. 그래서 아예 글쓰기를 포기할 수도 있고요. 우리는 잘 쓰지는 못해도 잘 쓴 글을 알아보는 안목은 높을 수 있습니다. 그래서 어쩌면 글쓰기가 고통이 될 수도 있겠지요. 원하는 만큼 글이 되지 않아서 자괴감을 느낄 수 있을 테니까요.

앞서 두 대통령의 안목에 대해 언급했던 것처럼 안목이 높을수록 퇴고의 인내심도 강해질 수 있습니다. 퇴고의 끝이 연설하는 시각이라는 말은 퇴고란 끝이 없고, 거의 외적인 조건에 의해 결정된다는 말입니다. 작가나 저자의 경우 출판사에 원고를 넘겨야 하는 시각이 되겠지요. 그만큼 좋은 글, 최고의 글이란 어쩌면 하나의 이상이며, 우리는 그 이상을 좇아 최대한 가까워지기 위해 노력을 할 뿐입니다. 그런데 그 이상이라는 것은 안목이 없으면 보이지 않습니다. 어떤 글이 좋은 글인지를 아는 것이 안목이 될 텐데, 결국 안목을 기르는 방법은 글을 많이 접하는 것입니다. 좋은 글을 많이 읽고, 필사도 해보면서 글의 감각을 기르다 보면 좋은 문장, 아름다운 글을 볼 줄 아는 눈을 갖게 됩니다.

글쓰기와 관련된 책을 찾아 읽어보는 것도 글쓰기에 상당히 도움이 됩니다. 글쓰기 책에도 여러 종류가 있습니다. 장르별 글쓰기를 안내하는 책들, 예를 들어, 시나 소설 같은 문학적 글쓰기나 비문학적인 글쓰기 책이 있겠지요. 요즘은 세분화되어 영화 리뷰 쓰기, 수필 쓰기, 자서전 쓰기 등 다양한 책이 나와 있습니다. 또는 『글쓰기는 주제다』와 같이 글쓰기의 논리를 중심으로 다루는 책들도 있고요. 나탈리 골드버그의 『뼛속까지 내려가서 써라』(한문화, 2013), 『글 쓰며 사는 삶』(페가수스, 2010)처럼 글쓰기에 영감을 주는 책도 있습니다.

이런 책들이 글을 쓰는 데 동기부여를 하거나 글의 전체적인 구성이나 논리성에 초점을 맞추었다면, 좀더 구체적으로 퇴고에 도움을 주는 책들도 있습니다. 한글의 문법, 맞춤법에서부터 시작해서 올바른 문장 쓰기까지 구체적인 예시를 들어 설명하는 책들이지요. 장하늘의 『글 고치기 전략』(다산초당, 2006)과 배상복의 『문장 기술』이 이에 해당합니다. 전자는 '문장력을 키우는 10가지 방법'을 제시하기도 하고 좋은 글을 만들기 위해 따져봐야 하는 문제들을 구체적인 예시를 통해 설명하고 있습니다. 『문장 기술』은 '문장의 십계명' 즉 간단명료하게 작성하기, 중복 피하기, 호응의 중요성, 피동형 피하기, 단어의 위치, 적확한 단어 선택, 단어와 구절의 대등한 나열, 띄어쓰기, 어려운 한자어 대신 쉬운 말 쓰기, 외래어표기법 원칙 알기에 대해 구체적인 문장 예시를 들어 친절하게 설명합니다.

이재성의 『글쓰기를 위한 4천만의 국어책』(들녘, 2006)은 쉽고 재미있게 한국어 문법을 설명합니다. 이처럼 좋은 문장 쓰기에 대한 내용은 일반적으로 글쓰기 연습 책에 부분적으로 들어가 있습니다. 정희모, 이재성 공저의 『글쓰기의 전략』(들녘, 2005) 또한 글쓰기의 의미에서부터 시작해서 글의 구성, 바른 문장 쓰기까지 많은 예시를 들어 설명하고 있어 참고할 만

합니다.

　이처럼 다양한 글쓰기 책이 나와 있으니, 각자 자신에게 필요한 책을 선정해서 읽으면 됩니다. 우선 한국어의 바른 쓰임을 익히는 글쓰기 책을 선정해서 항상 참고하고, 퇴고할 때도 들춰보면 좋을 것입니다. 그 외 글쓰기를 자극하는 책, 작가의 글쓰기에 관한 책 등에 계속해서 관심을 두고 찾아서 읽으면 글쓰기에 동기부여도 되고, 좋은 글에 대한 안목을 기를 수 있습니다. 이렇게 해서 안목이 높아지면 퇴고의 질도 당연히 높아지게 되겠지요.

CHAPTER 6

서평을 바라보는
여섯 가지 시선

01

따뜻한 시선과
냉정한 평가를 겸비한 서평

:

김경집

<u>서평과 비평은 어떻게 다른가요?</u>

쉽게 구분하긴 어렵습니다. 둘의 영역은 서로 겹치는 부분
이 훨씬 많기 때문입니다. 그래도 굳이 구분하자면 서평은 소
개를 위한, 즉 누군가에게 그 책에 대한 정보와 객관적 서술
을 제공함으로써 책을 읽고 싶은 마음이 들도록 유도하는 것
이 일차적 목적이라면, 비평은 좀더 세부적으로 분석하는 글
로 책의 소개가 책이 담고 있는 내용에 대한 비판적 분석과

접근이 목적이라고 할 수 있습니다. 그러나 서평에도 책에 대한 비판이 빠져서는 안 됩니다. 그렇지 않으면 책의 '삐끼짓'에 그치기 쉽습니다. 서평은 그러한 비판적 분석도 빠뜨리지 않음으로써 독자로 하여금 객관적 시각에서 자신의 독서 욕구 혹은 목적에 부합하는지 결정할 수 있게 해야 한다고 믿습니다.

독후감과 서평은 어떻게 다른가요?

서평도 넓은 의미에서 보면 일종의 독후감입니다. 그러나 독후감은 주로 독자가 그 책을 읽은 내용에 대한 주관적 느낌을 자유롭게 서술하는 것이라면 서평은 교양의 경험을 확장하는 글쓰기이자 저자와의 생산적 대화를 지향하는 고급 독서 행위의 범주에 둘 수 있습니다. 그런 의미에서 서평은 독후감에 비해 객관적이고, 비평에 비해 상대적으로 주관적 요소가 있을 수 있습니다.

서평과 독후감을 구분하는 요소 가운데 하나는 창조적이고 비판적인 읽기를 들 수 있습니다. 독후감은 전적으로 자신이 그 책을 통해 얻은 지식과 정보, 그리고 정서에 대한 공감의 여부가 가장 큰 요소라면 서평은 창조적이고 비판적인 독서를 통해 저자의 생각을 분석, 비교하고 질문함으로써 저자의 주장과 의도를 이끌어내는 목적을 수행해야 합니다.

서평의 기능은 무엇일까요?

서평의 기능은 크게 두 가지로 나눌 수 있습니다. 하나는 아직 책을 읽지 않은 사람에게 그 책의 내용과 가치에 대해 설명함으로써 독서의 선택을 도와주는 것이고, 다른 하나는 자신이 읽은 내용을 논리적으로 평가하는, 독서 후기의 성격입니다. 일종의 독서 일기와 같다고 할 수 있습니다. 전자는 다른 이들에게 읽히도록 쓰는 것이라면 후자는 자신만 읽는 것이 목적이라는 범위로 제한될 것입니다. 다만 블로그에 올리는 것은 어쩌면 양자를 다 의도하는, 이전에는 없는 새로운 매체가 만들어낸 방식이라 할 수 있습니다.

서평을 쓸 때 따르는 원칙이 있나요?

우선 자신이 꼼꼼하게 읽고 판단할 수 있는 능력을 갖춰야 합니다. 그리고 인터넷서점의 MD처럼 특정한 목적, 즉 마케팅 의도를 철저하게 배제해야 합니다. 사실 좋은 책만 선정하여 서평을 쓰는 것이 대부분인데, 정말 쓰고 싶은 서평은 '이런 책은 읽지 마라'고 평가하는 것입니다. 물론 세상에 나쁜 책은 없다고 옹호하는 이들도 있지만, 시간과 돈만 낭비할 뿐 아니라 정신세계까지 오염시키는 책이 많습니다. 그리고 마케팅의 힘으로 위력을 발휘하는 그저 그런 책들도 있습니다. 그런 책으로부터 독자를 떼어놓는 것이 필요합니다. 다만 서평의 일차적 목적이 좋은 책을 소개하는 것이고, 지면은 제한적이기 때문에 그런 악화를 분리시키는 일에는 할애하지 못하는 것이 아쉬운 점으로 남습니다.

독자들에 대한 영향력은 어느 정도라고 생각하나요?

서평은 독자들의 층위를 몇 단계로 나누어 접근해야 합니다. 그러나 현실적으로는 그런 점이 힘듭니다. 그래서 불특정 독자들에게 책을 설명하다 보니 책의 선정에서도 전문적이고 심층적인 양서보다는, 아무래도 대중이 쉽게 접근할 수 있는 책들을 우선적으로 고려할 수밖에 없습니다. 책에 대한 전문잡지가 다양해져야 하는 까닭 중 하나도 바로 이러한 점을 소화하기 위해서입니다.

서평을 쓰면서 독자들에게 어떤 영향력을 주겠다는 의도는 없기 때문에 그것을 체감할 수는 없겠지만, 이전에 『책탐』

(나무수, 2009)이라는 서평집을 냈을 때 많은 이들로부터 좋은 책에 대한 목록과 안목을 가질 수 있어서 좋았다는 반응을 보고 어느 정도 도움은 될 수 있겠구나 싶었습니다.

많은 사람들이 자신의 블로그에 서평을 올리곤 합니다. 이런 현상을 어떻게 보시는지요.

이것 또한 두 가지 면이 있다고 봅니다. 하나는 서평을 독서의 연장선 그리고 심층 독서의 일환으로 보는 것이고, 다른 하나는 인간이 본능적으로 지닌 '쓰기 욕망'이라고 여겨집니다. 제대로 된 읽기가 쓰기로 이어진다는 점에서는 긍정적이라고 봅니다. 그리고 글을 씀으로써 자신의 사고를 논리적이고 체계적으로 발전시킬 뿐만 아니라 독서에서 얻은 것을 정리하는 측면도 있으니 좋은 일이겠습니다.

또한 글을 블로그에 올림으로써 타인의 평가를 받게 되어 자신을 객관적으로 바라볼 수 있고, 글의 책임에 대해 배울 수 있다는 점도 긍정적인 부분입니다. 다만, 타인의 시선을 의식해서 정작 자신은 소화하거나 실행하지 못하는 미사여구가 가득한 글쓰기나 현학적인 글쓰기에 빠질 수 있음을 늘 경계해야 합니다.

잘 쓰는 것도 중요하지만 그것보다는 잘 읽는 것, 그리고 많이 읽는 것이 먼저입니다. 책을 읽으면서 저자와 토론도 하고 질문도 하면서 글자 너머에 있는 것, 즉 행간의 이면까지 읽어내려는 노력이 필요합니다. 글의 독창성, 논리성, 창의력 등에 특별히 관심을 갖고 읽으면, 다른 책들과 구별할 수 있는 힘도 길러지고 핵심을 짚어낼 수도 있습니다.

그러기 위해서는 다른 책들을 많이 읽어야 비교의 대상이 생긴다는 점을 상기할 필요가 있습니다. 그리고 책을 읽다가 그저 멋진 구절이라고 해서 적어두는 것이 아니라 전체 맥락의 중심에 있거나 의미 파악에 중요한 계기를 제공하는 구절을 명확하게 파악해서 기록해두는 습관도 필요합니다. 그런 것들을 명확하게 제시해줘야 다른 독자들도 그 책을 읽으면서 그 부분을 체크해볼 수 있을 것입니다. 물론 자의적인 평가도 있을 수 있겠지만 그런 훈련이 필요합니다. 그렇지 않으면 두루뭉술하게 넘어가는 서평이 되기 쉽습니다.

아무래도 '아직 읽지 않은' 독자를 더 염두에 둡니다. 나의 지식을 과시하거나 비평서를 쓰는 것이 아니고 내가 읽고 좋다고 여기는 책이 여러 사람들에게 알려져서 조금이라도 널리 읽히기를 바라기 때문입니다. 서평의 역할 가운데 하나가 독자로 하여금 그 책을 읽고 싶은 마음이 들도록 하는 것이라면, 그것은 당연한 것이라고 생각합니다. 물론 전적으로 제 개인적인 판단이지만.

좋아하는 서평 스타일이 있나요?

특별하게 좋아하는 스타일은 없습니다. 다만 개인적으로는 따뜻하되 날카로운 서평을 좋아합니다. 그리고 널리 알려진 책들보다는 좋은 책임에도 불구하고 출판사의 재정과 마케팅 능력의 한계 때문에 독자들에게 제대로 알려지지 못하고 서점의 서가에 꽂혀서 등뼈만 보이는 책들을 소개하는 방식을 좋아합니다.

서평 분량은 어느 정도가 적당할까요?

정해진 최적의 분량은 없겠지만, 가장 적절한 분량은 원고지 25~30매 정도가 아닐까 생각합니다. 10~15매는 너무 간략하고, 35매가 넘어가면 지나치게 늘어지거나 지루해질 수도 있기 때문입니다. 여기서 말하는 지루함이란 글의 내용이 아니라 대부분의 독자들이 필요한 정보를 얻고자 하는 목적을 갖고 있기 때문에 필요 이상의 분량에 대해서는 부담을 느낄 수 있다는 뜻입니다.

'좋은 서평'이란 무엇인가요?

좋은 서평은 무엇보다 책에 대한 객관적이고도 적확한 정보를 제공하는 것이라고 생각합니다. 다양한 목적과 의도를 갖고 있는 독자들로 하여금 자신에게 필요한 책이라는 판단을 내릴 수 있게 돕는 서평이 가장 좋은 일반적 서평이 아닐까 싶습니다.

그뿐 아니라 책에 대한 평가가 그 책을 만든 편집자 등 출판 관계자들에게도 향후 책 제작에 도움이 될 수 있는 지적들이 수반되면 더욱 좋을 것입니다. 개인적으로는 '따뜻함과 냉정함'이라는 일견 모순적 가치를 동시에 충족시켜주는 서평이 좋다고 봅니다.

좋아하는 서평집이 있다면 소개해주세요.

여러 서평들이 나름대로 가치와 지향점이 있어서 도움이

될 것입니다. 특히 최근에 종이책에 대한 우려가 높아지는 환경에서 『종이책 읽기를 권함』(김무곤 지음, 더숲, 2011)이라는 서평집을 즐겁게 읽었습니다. 종이책 읽는 즐거움 가운데 하나는 읽는 속도를 스스로 통제할 수 있다는 점인데, 간결하면서도 감칠맛 나게 책을 소개하고 있어서 좋았습니다. 그리고 하나의 책을 집중적으로 소개하는 것이 아니라 한쪽에서는 자신의 경험과 삶에서 묻어나는 독서 편력과 개인적 소견을 공감할 수 있게 풀어내고, 맞은쪽에서는 다양한 정보를 맛깔나게 조언하는 방식이 이채로웠습니다.

<u>앞으로의 계획은 무엇인가요?</u>

많은 분들이 『책탐』 후속편을 써달라고 하는데, 당분간은 그럴 계획이 없습니다. 무엇보다 당분간은 책 읽는 즐거움에만 흠뻑 빠지고 싶기 때문입니다. 물론 『책탐』의 정신인 '등뼈 찾기', 즉 좋은 책인데 미처 제대로 얼굴도 보여주지 못하고 서가에 꽂힌 양서들을 골라내 소개하는 것은 계속 이어갈 생각입니다.

적어도 3년은 부지런히 책만 읽고, 서점 서가에 꽂힌 양서들을 찾아내는 일에 집중하고 싶습니다. 〈기획회의〉에 격주로 연재하는 '전문가 서평'은 독서와 서평 쓰기의 긴장감을 유지하고 공부를 계속할 수 있는 좋은 창구이기에 오래 이어가고 싶습니다.

김경집

삶을 세 등분으로 나눠 25년은 배우고, 25년은 가르치고, 25년은 글 쓰며 살기를 꿈꾸는 인문학자이자 작가이다. 서강대학교 영문학과와 동 대학원 철학과를 졸업하고 가톨릭대학교 인간학교육원에서 인간학과 영성 과정을 맡아 가르쳤다. 저서로 『엄마 인문학』, 『책탐』(2010년 한국출판평론상 수상), 『생각의 융합』, 『마흔 이후, 이제야 알게 된 것들』, 『인문학은 밥이다』, 『청춘의 고전』, 『나이듦의 즐거움』, 『생각의 프레임』 등이 있다. 역서로는 『어린 왕자 두 번째 이야기』가 있다.

02
짧고, 쉽게!
책을 읽고 싶게 만드는 서평

:

최보기

서평을 쓰게 된 계기는 무엇인가요?

2010년 저는 미래를 위해 긴 호흡으로 준비할 만한 것을 찾다가 '최보기의 책보기'라는 서평 브랜드를 생각해냈습니다. 생업이 따로 있었기에 자투리 시간을 활용해 서평을 꾸준히 쓰기로 마음먹었습니다. 덕분에 더 부지런히 책도 읽고, 글도 쓰고, 독서 문화도 진흥하고, 약간의 수입도 생기는 일석사조의 일이라고 생각했습니다. 〈프라임경제〉에 제안을 했더니 흔쾌히 받아들여져 그해 11월부터 주간 칼럼 '최보기의 책보기'를 연재하기 시작했습니다.

서평과 비평은 어떻게 다른가요?

서평은 어떤 책이 독자들에게 던지려는 핵심 주제, 키 메시지Key Message를 객관적으로 전달하는 것이라고 생각합니다. 특히 제가 생각하는 '서평'은 줄거리 요약이나 주관적인 독후감이기보다는 '누가, 왜 그 책을 읽어야 하는지'를 명확하게 제시하는 것이라고 봅니다. 그래서 전 책의 내용을 구체적으로 거론하지 않는 대신 그 책이 갖는 의미, 핵심 메시지, 읽을 대상 등을 전하는 데 주력합니다. 그러다 보니 제 글은 일반적인 '서평'이라기보다는, '그 책'을 매개로 하는 '북 에세이'가 더 어울릴 것 같다는 생각도 해봅니다. 때문에 해당 책이 독자들이 읽을 만한 퀄리티를 충분히 갖추었는지 살피는 것이 기본입니다.

반면에 비평은 문학평론과 마찬가지로 정치, 경제, 사회, 역사, 유사 내용의 다른 책, 이전에 출판된 해당 저자의 책 등 광범위한 지식과 시각을 바탕으로 책에 대해 주관적인 평가와 판단을 내리는 것이라고 생각합니다. 물론 어떤 책에 대해 그럴 정도가 되려면 책과 관련된 직간접적 분야의 풍부한 지식이 있을 때에야 가능하겠지요. 때문에 책을 비평한다는 것은 문학비평 못지않게 어려운 일이라고 생각합니다.

독후감과 서평은 어떻게 다른가요?

서평은 객관적, 독후감은 주관적이라는 큰 차이가 있다고 봅니다. 서평은 개인적인 취향이나 저자에 대한 호불호 등을 떠나 객관적으로 책에 대해 말을 해야 한다고 생각합니다. 그러나 독후감은 사람마다 같은 책, 같은 저자라도 받아들이는 지점이 다르기 때문에 얼마든지 주관적으로 자신의 말을 정리할 수 있다고 봅니다. 그래서 '독후 감상문'이겠지요.

서평의 기능은 무엇일까요?

1년이면 어림잡아 약 5만 권의 책이 쏟아져 나옵니다. 거기다 누대로 쌓인 책들까지 생각하면 거의 천문학적입니다. 그런데 보통 사람들이 주당 평균 한 권을 읽는다 해도 1년이면 50권 정도 읽을 수 있습니다. 이 책 저 책 모두 살펴본 후 읽을 책을 고르기도 현실적으로는 어렵습니다. 때문에 서평을 통해 보통의 독자들이 꼭 읽어야 할, 읽으면 좋을 책들에 대해 정확한 정보를 사전에 제공하는 것이 서평의 기능이라고 생각합니다.

서평을 쓸 때 원칙이 있나요?

저 같은 경우는 구체적인 줄거리를 밝히는 것을 피합니다. 책의 핵심 메시지를 전달하는 것에 중심을 두면서 구체적인 내용은 '궁금하면 직접 읽어보라'는 쪽으로 글을 풀어나갑니다. 또 그렇게 해야 독자들이 제 서평을 자신의 독후감 대용으로 '악용(?)'하는 것도 피할 수 있습니다. 그리고 제 이름을 걸고 추천하는 것이기에 저자나 출판사와의 어떤 관계도 고려하지 않고 오직 독자들의 옳은 선택을 돕기 위해 냉정하게 평가하려고 노력합니다.

독자들에 대한 영향력은 어느 정도라고 생각하나요?

개인적 영향력은 그리 크다고 보진 않습니다. 그러나 책을 읽고, 그 책에 대한 서평을 이곳저곳에 남기는 사람들이 많을수록 국민들의 독서 욕구와 문화도 더욱 증진되지 않겠나 생각합니다. 독서 문화 증진에 자발적으로 기여하고 있다고 생각하면서 열심히 쓸 뿐입니다.

많은 사람들이 자신의 블로그에 서평을 올리곤 합니다. 이런 현상을 어떻게 보시는지요.

첫째는 아마도 그 책을 오랫동안 기억하고 싶어서일 겁니다. 읽고 나서 느끼거나 깨달은 것, 좋은 문장들을 바로 정리해두지 않으면 얼마 지나지 않아 '그 책을 내가 읽긴 읽은 건가' 싶을 정도로 인간의 기억력은 허약합니다. 둘째는 그렇게 서평을 쓰는 과정에서 자신을 정리할 수 있기 때문이라고 봅니다. 글을 쓴다는 것은 결국 자신을 정리하는 과정이니까요. 셋째는 자신이 정말 감동적으로 읽었거나, 또는 읽고 나서 너무 실망했기에 그 부분을 다른 사람들과 공유하고 싶은 자발적 배려(노블리스 오블리주)가 아닐까 싶습니다.

서평을 잘 쓰려면 어떤 노력이 필요할까요?

많이 써보는 것입니다. 다른 말이 필요할까요? 남의 서평이나 남의 눈을 의식하지 말고 자신만의 주관과 확신을 가지고 많이 써보는 것 말고는 답이 없다고 봅니다. 개인적으로 역량이 된다면 일기장의 영역을 벗어나 서평 전문 공개 블로그를 정성 들여 운영하거나 대중매체 기고(칼럼) 등으로 발전시켜 나갈 경우 사명감과 내공이 훨씬 커질 것이라 봅니다.

책을 읽은 독자와 읽지 않은 독자 중 어느 쪽을 더 고려하나요?

당연히 읽지 않은 독자를 먼저 고려합니다. 평소에 독서를 많이 하는 분들은 남의 서평이 아니더라도 자신에게 필요한 책을 주관적으로 취사선택할 능력이 얼마든지 있다고 보거든요. 평소 책을 읽지 않아 책에 대한 머릿속의 정보가 취약한 독자들에게 정확한 정보와 독서욕을 자극하는 것이 제 서평의 목표입니다.

좋아하는 서평 스타일이 있나요?

쉬운 서평, 금방 읽히는 서평을 좋아합니다. 해당 분야 전문가들이 자신의 분야와 관련된 책에 대해 서평을 쓸 경우 일반 독자들이 읽을 때 너무 현학적이거나 어렵고 딱딱하게 느껴질 때가 많습니다. '도도한 인문학적 똘레랑스가 거대한 강물의 기저를 흐르고……' 이런 식이면 독자들은 서평을 읽다가 그만 '아이고, 난 이 책 못 읽겠군' 하고 미리 넘어지거든요. 그래서 가급적 어려운 용어나 외래어를 사용하지 않고 쉽게 쓰려 노력합니다. 대기업 홍보실 직원들의 '언론에 기사화될 보도자료는 독자들을 위해 보통의 중학생 눈높이로 작성해야 한다'는 원칙을 제 서평에도 적용하고 있는 것입니다.

그리고 가급적 짧게, 유쾌하게, 경쾌하게 쓰려고 노력합니다. 그래야 독자가 서평을 끝까지 읽는 사이에 '독서 욕구'를 느낄 수 있다고 생각하기 때문입니다.

서평 분량은 어느 정도가 적당할까요?

워드프로세서 10폰트 기준 A4 1장, 200자 원고지로는 6~8매가 적당하다고 봅니다. 요즘 독자들의 일반적인 특성이 긴 글에 취약하다는 점도 있고, 답안지 길다고 점수 높은 것도 아닌 데다, 분량이 많아지면 핵심의 전달을 놓칠 수 있기 때문입니다. 독자들에게 전하고자 하는 핵심만 간결하게 전한다면, 독서 욕구만 자극한다면 단 몇 줄이라도 충분히 훌륭한 서평이라고 봅니다.

좋아하는 서평집이 있다면 소개해주세요.

저만의 스타일을 지키기 위해 다른 분들의 서평을 일부러 읽지 않고 있습니다. 다른 사람의 서평과 제 글을 자꾸 비교하게 되면 '쉽고, 재미있게'라는 제 초심이 흔들릴 수 있기 때문입니다. 물론 제가 펴낸 『놓치기 아까운 젊은 날의 책들』(모아북스, 2013)도 있긴 합니다만, 그냥 제 책이라는 것 외엔

뭐……．

앞으로의 계획은 무엇인가요?

쓸 수 있는 한 끝까지 '최보기의 책보기'를 쓸 계획입니다.
앞길을 미리 설계하는 대신 열심히 쓰다 보면 세상이 만들어
놓은 제 길을 만날 것이라고 확신합니다. 다만, 그 결과 독서
문화 진흥에 기여한다는 칭찬은 많이 받고 싶습니다.

최보기

작가이자 북칼럼니스트. 고려대 행정학과를 졸업했으며, PR전문가로 활
동했다. 현재 한국 NIE 독서논술연구회 회장, 구로구립 꿈나무어린이도서
관과 신도림 어린이작은영어도서관 관장을 맡고 있다. 〈아시아경제〉, 〈머
니투데이〉, 〈뉴스핌〉, 〈프라임경제〉, 〈순천대신문〉, 〈벤처다이제스트〉 등에
'최보기의 책보기' 서평 칼럼을 연재해오고 있으며, 〈독서신문〉에 '최보기
의 책 읽는 리더'을 연재했다. 저서로 『놓치기 아까운 젊은 날의 책들』, 『최
보기의 거금도 연가』가 있다.

03

서평 쓰기는
결국 자신을 위한 것

⋮

현호섭

책을 얼마나 읽나요?

저는 업으로 책을 읽고 글을 쓰는 평론가나 서평가가 아닌
지라 사실 책은 많이 읽진 못합니다. 한 달에 평균 2~3권 정
도를 읽지요. 자서전이나 철학서 같은 두꺼운 책을 잡으면 한
달에 한 권을 겨우 읽어냅니다. 그것도 출퇴근 시간을 주로
이용해 독서를 하는지라 항상 만성적인 독서 부족 상태에 머
물러 있습니다. 가끔 이 정도의 책을 읽고서도 서평가로 행

세할 수 있을까, 양심이 찔린 적도 있답니다. 하지만, 제 독서 경쟁력은 하루도 빠짐없이 책장을 넘기는 것입니다. 직장 생활 10년 동안 이런 식의 독서 스타일을 유지하다 보니, 이젠 양과 질보다는 꾸준함 자체에 의미를 둡니다.

어떤 경로로 서평을 쓰게 되었나요?

제가 책 읽는 즐거움을 알게 된 것은 스물두 살 때입니다. 당시 군 입대를 앞두고 심한 마음고생을 했습니다. 몸도 마음도 약한 내가 거친 군 생활을 잘 이겨낼 수 있을까, 나름 고민을 많이 했죠. 그때 제 마음을 다잡아준 것이 책 읽기입니다. 그게 벌써 90년대 이야기네요. 당시에 피시통신 하이텔에 독서란이 있었는데, 군에 입대하기 전까지 그곳에 한 편 두 편 독후감을 써 올렸습니다. 지금 생각해보면 아주 유치한 수준의 글이었던 것 같은데, 한 10개월 열심히 올렸더니 상을 주더군요. 상은 도서상품권이었습니다. 태어나서 글을 써서 상을 타보기는 그때가 처음인 듯합니다. 제 서평 쓰기의 기원을 말하자면 그 시절로 되돌아가야 하고, 그때 조금이나마 독서와 글쓰기의 즐거움을 알게 됐다고나 할까요.

서평과 비평은 어떻게 다른가요?

이런 질문은 사실 저에게는 어울리지 않습니다. 저는 여전히 아마추어 서평가이자 독서가이기 때문입니다. 서평과 비평이 뭐가 다르냐? 대단히 모호한 질문이자 그것에 대해 공부해본 적도 없기에 제 나름의 생각대로 답변할 수밖에 없습니다.

넓은 의미에서 서평은 비평의 영역에 들어가겠지요. 비평이라면 모든 문화 분야에 적용할 수 있고요. 저는 블로그에 영화평도 쓰고 있습니다. 햇수로 5년째가 됩니다. 처음 영화평을 쓰던 날은 미지의 세계에 첫발을 들이는 모험 같은 설레임을 전해주더군요. 5년 동안 영화평을 쓰고 있지만 글이 얼마나 나아졌는지는 모르겠습니다. 제가 하는 독서 일기와 영화 읽기 작업은 모두 비평의 영역에 들어갑니다. 서평은 책에 한정된 비평 영역이라고 봐야 하지 않을까요.

독후감과 서평은 어떻게 다른가요?

독후감과 서평은 근본적인 차이는 없다고 생각합니다. 아이들이나 비전문가가 쓰는 것이 독후감이고, 어른들과 전문가가 쓰는 것이 서평일까요. 그렇게 획일적으로 구분할 수는 없습니다. 독후감과 서평은 책에 대한 비평을 부르는 다른 이름이니까요.

굳이 이것을 구분해야 한다면, 책을 대하는 독자의 자세에서 찾아야 한다고 봅니다. 비평이라는 것이 본래 공격적이고 상대의 허를 찌르는 뉘앙스가 강합니다. 그런 의미에서 서평은 책의 장점보다는 단점에 치우칠 가능성이 좀더 높죠. 이에 반해, 독후감은 아직 책과 저자에 대한 존경심으로 단점보다는 장점에 치우친 글이 되기 쉽다고 봐요.

서평의 기능은 무엇일까요?

서평의 가장 중요한 기능은 어떤 책을 읽어낸 독자 자신의 유익입니다. 많은 독자들이 책을 읽는 것에서 독서 행위를 끝마치지요. 그들이 책을 읽는 모습을 보면, 허기진 짐승이 허겁지겁 먹잇감을 해치우는 것처럼 보이거든요. 제 주위에도 그런 친구가 있습니다. 책을 무척 빠르게 읽고 또 다른 책을 집어삼키고 있지요. 그 친구에게 책을 읽고 서평은 쓰느냐고 물어보면 그럴 시간도 없고, 그럴 필요도 느끼지 않는다고 합니다.

보다 현명한 독자로 태어나고 싶다면 읽은 것에 대해 소화하고 되새기는 과정이 필요한데, 서평 작업은 그 일에 안성맞

춤입니다. 서평을 쓰려면 일단 책을 끝까지 읽어야 하고, 읽은 것에 대한 자료를 남겨야 하며, 기억을 되새김해야 하고, 자신의 생각을 드러내야 합니다. 타인에게 책의 가치를 증명하기에 앞서 이 모든 일은, 서평이 가진 이기적이자 긍정적인 영향을 독자 자신에게 돌려줍니다.

서평을 쓸 때 따르는 원칙이 있나요?

직장 생활하며 10년 동안 꾸준히 서평을 쓰다 보니 원칙은 자연스럽게 생기더군요. 원칙이라기보다는 습관이겠죠. 일단 책을 꼼꼼히 읽고, 읽으면서 메모를 하며, 인상적인 부분은 볼펜으로 표기를 하고, 페이지를 접어두죠. 이런 작업을 해놓지 않으면 책장을 덮는 순간 책 내용을 잊기 쉽습니다. 또 서평을 쓰기 전 이런 메모와 접어둔 페이지의 글들을 재독합니다. 정독을 한 후, 빠르게 재독을 하는 것이죠. 이러면 서평을 써나갈 방향과 포인트가 잡힙니다.

독자들에 대한 영향력은 어느 정도라고 생각하나요?

4년 동안 책 분야 네이버 파워블로거로 뽑혔고 20년 가까이 된 출판전문지의 필자가 되었지만, 이 모든 일은 전혀 예상하지 못하고 기대하지 않았던 행운일 뿐입니다. 저는 무료한 직장 생활을 이겨내고, 지식에 대한 본능적인 갈망을 해소하고자 책을 가까이 해왔고, 글쓰기에 도전해왔습니다.

블로그에 올린 서평과 지면 발표된 서평을 본 후 독자들이 댓글과 메일을 보내옵니다. 좋은 책을 알게 돼 기쁘고, 책을 당장 사야겠다고 말하는 걸 보면 서평을 쓴 사람으로서 보람을 느낍니다. 하지만 제 글쓰기와 독서는 여전히 비전문적인 것이기 때문에 독자들에 대한 영향력이 있다고 볼 수는 없습니다. 그저 같은 시대를 살아가는 직장인이자 생활인으로서, 블로그의 이웃으로서, 책을 좋아하는 독자로서 동질감을 느끼는 것에 만족합니다.

많은 사람들이 자신의 블로그에 서평을 올리곤 합니다. 이런 현상을 어떻게 보시는지요.

2014년 크게 히트한 웹툰이자 드라마 〈미생〉을 보면 답이 나옵니다. 직장 생활의 애환을 그린 이 작품의 결말은 "직장 생활에서 완생을 기대하지 마라"거든요. 직장이 자아실현의 공간이 되는 경우는 흔치 않습니다. 대부분의 직장인들이 경제적인 이유로 하고 싶지 않은 일을 하기 마련입니다.

최근 『에디톨로지』(21세기북스, 2014)를 낸 김정운 교수는 정년이 보장된 교수직을 포기하고 늦은 나이에 일본 유학을 간 이유에 대해 다음과 같이 고백했습니다. 학생들을 가르치는 것이 아니라 그들에게 사기를 치고 있다는 생각이 들기 시작했고, 그 즉시 교수를 때려치웠다고 말이죠.

책을 읽고 블로그에 글을 쓰는 것은 자아를 확인하고, 확장하고, 증거하는 통로가 됩니다. 글을 쓰는 순간 인간은 혼자가 되고 자신과 세계에 대한 사유를 시작하는 거지요.

서평을 잘 쓰려면 어떤 노력이 필요할까요?

가야금 명인 황병기는 이렇게 말했습니다. "대가가 된다는 것은 연습의 연속이다". 어떤 분야에 능숙해지기 위해선 1만 시간을 투자해야 한다고 주장하는 학자도 있습니다. 일단 책을 손에서 놓지 않고 꾸준히 읽어야 하지 않을까요. 두 번째로 서평 쓰는 일을 생활의 일부분으로 만들어야 합니다. 양이 중요한 것이 아니라 꾸준히 하는 것이 더 중요합니다. 우보천리(牛步千里)라는 말이 있습니다. 우직한 소 걸음으로 천리를 간다는 말이지요. 오늘은 겨우 한 걸음이지만 언젠가는 목적지에 다다를 겁니다. 전업작가가 아닌 한, 평범한 사람은 이런 자세로 책을 읽고 글을 써야 중도 포기하지 않습니다.

책을 읽은 독자와 읽지 않은 독자 중 어느 쪽을 더 고려하나요?

저는 특정한 대상을 고려하고 서평을 쓰진 않습니다. 책을 읽지 않은 독자가 제 글을 읽고 책에 관심을 보인다면 좋을 일이죠. 책 읽기에 능숙한 독자가 제 서평에 대해 날카로운 평을 해준다면 그것 나름대로 제게 큰 도움이 될 겁니다. 그러나 모든 글은 쉽게 써야 한다고 생각합니다. 지적인 우월감, 지식을 과시하는 글쓰기는 제 스타일이 아닙니다. 그럴 능력도 없을 뿐더러, 서평뿐만 아니라 모든 글쓰기가 쉽고 재미있고 유익해야 하다고 생각하기 때문입니다.

좋아하는 서평 스타일이 있나요?

일단 서평이 가져야 할 기본은 책을 최대한 간략하고 명확하게 요약하는 것입니다. 그다음 자신이 생각하는 독창적인 비평적 관점을 서평에 잘 드러나게 해야겠지요. 이 두 부분이 잘 조화를 이룬 서평이면 금상첨화라 생각합니다.

서평 분량은 어느 정도가 적당할까요?

적합한 분량은 따로 없다고 생각합니다. 청탁받은 서평이 아니라면 분량에 대해 신경 쓸 필요는 없다고 봐요. 쓰다 보면 길어지는 서평이 있는데, 지루하지만 않게 글을 쓴다면 하고 싶은 말을 최대한 써내도 좋다고 봅니다. 글을 쓰는 행위의 가장 큰 매력은 '자유로움'입니다. 문학평론가 고故 김현 선생은 '써먹지 못한다는 것을 써먹는다'는 역설적 표현으로 문학의 효용을 설명한 적이 있습니다. 그러한 점 때문에 문학이 인간을 억압하지 않는다고 했습니다. 글쓰기에서만큼은 이 자유를 맘껏 누려야 합니다.

'좋은 서평'이란 무엇인가요?

독자를 서점으로 달려가게 만드는 서평 아닐까요. 때로는 책보다 서평이 더 좋은 경우도 있는데, 사기가 아니라 그 책의 깊이와 확장성이 큰 것이라고 봅니다. 좋은 서평의 기본 조건을 굳이 따지라면 구태여 책을 사보지 않고도 책을 다 읽어본 듯한 느낌을 전해주는 서평이라 말하고 싶네요. 이런 조건에 부합하려면 책이라는 재료를 잘 요리할 수 있는 서평가의 능력이 필수겠지요.

좋아하는 서평집이 있다면 소개해주세요.

군이 한 권을 꼽으라면, 장정일의 서평집이 기억에 남네요. 『장정일의 독서일기』 시리즈(전 7권, 범우사·랜덤하우스코리아, 1994~2007)는 제게 큰 영향을 미친 서적입니다. 더불어 좋아하는 서평가들이 있습니다. CBS PD 정혜윤, 여성학 강사 정희진, 그리고 문학평론가 정여울입니다. 서평가로서 독보적인 존재들이지만, 여성이라는 것과 성씨가 같다는 공통점이 있군요.

앞으로의 계획은 무엇인가요?

지금 직장에 입사한 지 올해로 만 10년이 됐습니다. 제 능력 범위 안에서 한 가정을 꾸리고 잘 건사할 수 있었습니다. 이것은 평범한 직장인과 생활인으로서의 삶이었죠. 그 10년 동안 저는 꾸준히 책을 읽어왔고, 블로그에 서평을 한 편 두 편 써 올렸습니다. 현실에 발 딛고 살아야 하는 직장인의 애환과 고달픔을 책을 읽고 글을 쓰는 것으로 치유하며 살아온 듯합니다. 하지만 제게 책 읽기와 글쓰기는 또다시 10년 후 최고의 서평가가 되는 꿈, 탁월한 정치칼럼을 써보는 꿈, 독창적인 영화평론을 쓰는 사람으로서, 제2의 인생을 시작할 기회를 만들어줄 것입니다. 언젠가 책 읽고 글쓰기가 부업이 아닌 본업이 되는 날을 간절히 꿈꾸고 있습니다.

현호섭

한국철도공사에서 근무하며, 일하면서 읽고 쓴다는 모토 아래 잡식성 독서가와 블로그 서평가로 바쁘게 살고 있다. 2014년 4월부터 출판전문지 〈기획회의〉에 비소설 분야 서평을 기고하고 있다. 코레일 사보 사내기자로 활동하며, 언론진흥재단에서 운영하는 블로그 '다독다독'에 독서를 주제로 한 글을 가끔 쓴다. 독서와 글쓰기 철학은 '느리게 읽고 꾸준히 쓰기'다. 블로그 '개츠비의 독서일기 2.0'(sretre7.blog.me)에 서평과 영화평을 꾸준히 올려 2010~2013년에는 네이버 책 부문 파워블로거로 선정되었다.

04
자신만의 색깔이
분명한 서평

⋮

김태영

어떤 경로로 서평을 쓰게 되었나요?

마이클 샌델 교수의 『정의란 무엇인가』(김영사, 2010)를 감명 깊게 읽은 후, 내용 정리 차원에서 몇 개 문장을 발췌하고 독후 의견을 적기 시작한 것이 계기가 되었습니다. 책을 그냥 보내지 않고 붙드는 느낌이 새로워 계속 독후감 쓰기를 이어갔습니다. 책을 널리 소개하고 싶다는 마음에 블로그에도 글을 올렸고요. 열정에 비해 내공이 부족해 교육의 필요성을 절감하던 차, 한겨레교육문화센터의 '서평 강좌'를 알게 되었습니다. 수업을 통해 체계적인 '서평' 세계를 접하고, 여기에 매료되면서 이후 매월 서너 편의 서평 쓰기를 실천하고 있습니다.

서평과 비평은 어떻게 다른가요?

서평은 책의 소개와 장단점, 시사점 등을 포괄적으로 다루는 것이 중점인 반면, 비평은 세부적인 주제를 두고 보다 분석적이고 깊이 있게 책을 다루는 글이라고 생각합니다. 서평이 책의 읽을 가치를 논하는 반면, 비평은 책의 문화적, 예술적 가치를 논한다고 볼 수도 있고요.

독후감과 서평은 어떻게 다른가요?

책을 읽는 '나'를 중심으로 쓰는 것이 독후감이고, 내가 읽은 '책'을 중심으로 쓰는 것을 서평이라고 생각합니다. 독후감은 주관에, 서평은 객관에 더 중점을 두는 글이겠지요.

서평의 기능은 무엇일까요?

대외적으로는 책에 관한 주요 정보와 흥미도, 시사점 등을 서술하여 좋은 책을 소개하고, 널리 알리는 데에 주된 기능이 있습니다. 나쁜 책을 가려내는 효과도 있을 거고요. 개인적으로는 책을 오래 기억하는 방법이자 독서력을 키우는 원천으로 작용합니다. 책이라는 다양하고도 명확한 소재를 다루기에 글쓰기 능력 향상에도 큰 도움이 된다고 생각하고요.

서평을 쓸 때 따르는 원칙이 있나요?

다른 글쓰기와 마찬가지로 쉽고, 편안하게 쓰고자 노력하고 있습니다. 서평의 특성상 객관적이고 논리적인 글쓰기에도 무게를 두고요.

그리고 '책이 내 생각인 양 쓰지는 말자'는 원칙을 갖고 있습니다. 책을 읽고 나면 책과 자연스러운 유대감이 형성되어 서평에 책의 내용을 고스란히 답습하는 경향이 있는데, 이를 경계하고 객관적인 사실을 반영하면서도 개인적인 관점을 담으려고 노력하고 있습니다.

이와 함께 '책을 읽고 싶게 만드는 서평을 쓰자'는 원칙을 세우고 있습니다. 책의 핵심 내용을 담아내고자 노력하고 인상적인 문구는 꼭 발췌합니다. 감명 깊게 읽은 책은 자신 있게 추천하여 널리 알리는 데 일조하고자 합니다. 물론 그 추천 이유가 명확하고 논리적이어야 하겠지요.

<u>독자들에 대한 영향력은 어느 정도라고 생각하나요?</u>

저는 아마추어 서평 블로거일 뿐입니다. 독자들이라고 하기는 어렵고, 블로그 일일 방문자가 100~200명 정도입니다. 10명 안팎의 친한 이웃 블로거와는 책에 대한 논의를 자주하니 상호 영향력은 크다고 할 수 있겠네요. 그 외에 '네이버 오늘의 책 선정단'으로 활동하며 매월 한 권의 책을 추천합니다. 가끔 좋은 책 소개 감사하다는 멘트를 보면서 뿌듯함을 느끼는 것에 만족하고 있습니다.

<u>많은 사람들이 자신의 블로그에 서평을 올리곤 합니다. 이런 현상을 어떻게 보시는지요.</u>

책을 좋아하고 서평 쓰기를 취미로 삼는 1인으로서 블로그는 소통을 넓히고 공감을 깊게 하는 좋은 채널이라고 생각합니다. 책과 글이 나에게 한정되지 않고 작게는 블로그 이웃들에게, 크게는 모르는 네티즌에게까지 전달되는 모습이 특별합니다. 저도 다른 분들의 책 블로그에서 똑같은 경험을 했고요. 그러면서도 서평이라는 콘텐츠 성격상 댓글 하나하나에 정성이 깃들고 보다 깊이 있는 의견 개진이 일어나는 것도 멋진 경험입니다. 좋은 책을 읽고 쓰는 사람이 생각보다

많으며, 이들만큼 더 열심히 읽고 써야겠다는 자극이 욕망이 되었다고 볼 수도 있고요.

서평을 잘 쓰려면 어떤 노력이 필요할까요?

모든 글쓰기가 마찬가지겠지만, 다독(多讀), 다작(多作), 다상량(多商量)이 중요하겠지요. 지금 읽는 책이 다음 책 서평의 글감이 되고, 방금 쓴 서평이 또 다른 책을 흥미롭게 하는 계속적인 시너지를 만드는 것이 중요합니다. 무엇보다 일단 책을 읽고 무조건 쓰고 보는 자세가 필요합니다.

책을 읽은 독자와 읽지 않은 독자 중 어느 쪽을 더 고려하나요?

책을 읽지 않은 독자를 더 고려하는 편입니다. 해당 책을 읽은 독자가 많지 않을뿐더러(천만을 넘었네 하는 일은 영화 장르에서나 일어나죠), 책을 읽기 전에 찾아보는 것이 서평이라 생각하기 때문입니다. 읽지 않은 독자를 고려해야 보다 객관적이고 논리적으로 글을 쓸 수 있기도 하고요.

좋아하는 서평 스타일이 있나요?

책에 두루 정통하면서도 자신만의 색깔을 지닌 서평 스타일을 선호합니다. 객관성을 유지하면서 주관과 경험을 두루 활용하는 서평이지요. 사실 제가 아직 이르지 못한 단계이기도 하고요. 서평가로 유명한 로쟈 이현우나 광고인 박웅현의 서평집을 좋아하고, 단호하고 냉철한 장정일, 정희진의 서평집도 감명 깊었습니다.

서평 분량은 어느 정도가 적당할까요?

A4로 한 페이지 내외가 적당하다고 봅니다(발췌를 포함할 경우 2쪽 내외). 너무 적으면 책에 대한 정보를 담기 어렵고, 두 페이지가 넘어가면 호흡이 길어져 서평에 대한 흥미가 떨어진다고 봅니다.

'좋은 서평'이란 무엇인가요?

앞서 선호하는 서평 스타일에서도 말했듯이 책에 두루 정통하면서도 자신만의 색깔을 지닌 서평, 객관성과 논리성을 유지하면서 주관과 경험을 폭넓게 활용하는 서평을 높게 평가합니다. 서평가가 가진 세계관을 글을 통해 녹여내면서 책이 지닌 흥미와 가치를 자연스럽게 연결하는 서평이 좋은 서평이라고 생각합니다.

좋아하는 서평집이 있다면 소개해주세요.

"책을 파고들수록 현실로 돌아온다"는 서문부터 인상 깊은 장정일의 『빌린 책, 산 책, 버린 책』 시리즈(전3권, 알마, 2011~2014)입니다. 위안을 얻고, 교양 있게 보이고, 실용지식을 쌓기 위해 책을 읽는 것이 아니라, 깊이 있게 사고하고 폭넓게 대화하며 정확히 현실을 직시하기 위해 책을 읽어야 함을 강조하는 서평집입니다. 영상매체가 대체할 수 없는 책의 가치를 깨닫고, 책과 함께하는 삶의 의미를 되새길 수 있는 작품입니다.

더불어 박웅현의 『책은 도끼다』(북하우스, 2011)도 같이 추천합니다. 책을 보는 안목, 책을 대하는 내공 모두가 편안하면서도 깊이 있는 서평집입니다. 『안나 카레니나』, 『참을 수 없는 존재의 가벼움』 등의 고전을 새롭게 조명할 수 있다는 점에서도 추천합니다.

앞으로의 계획은 무엇인가요?

기회가 닿는다면 '서평 쓰는 직장인'이라는 주제로 서평집을 내고 싶습니다. 그렇지만 어느 경지에 오르겠다거나 감히 책을 정복하겠다고 욕심 부리지는 않습니다. 지금처럼 재밌게 미쳐 좋은 책을 꾸준히 읽고, 많은 이에게 공감을 주는 서평을 쓰고 싶습니다. 블로그에 서평(간간이 영화 리뷰) 올리기를 계속하고, 책을 좋아하는 사람들과의 서평 모임에도 열심히 참석하고자 합니다. 신간 소개, 서평 기고 등 책과 관련된 모든 일을 즐겁게 향유하며 '서평 쓰는 직장인' 저변 확대를 위해 최선을 다하겠습니다.

김태영

대학에서 역사학을, 대학원에서 경영학을 전공했으나 책을 통한 진짜 공부는 서른 중반에야 시작했다. 금융회사에서 홍보업무를 담당하나 책동아리와 도서관 운영에 더욱 열심이다. 숭례문학당을 만나 서평과 독서토론에 눈을 뜨고, 서평독토의 초기 멤버이자 온라인 서평가 준솔파파(blog.naver.com/tyworld76)로 오늘도 열심히 읽고 쓰고 있다. 5년 안에 서평 관련 책을 내는 것이 목표다. 저서로 『책으로 다시 살다』(공저)가 있다.

05
자신을 아는 것이 먼저다

⋮

조현행

서평을 쓰게 된 계기가 있나요?

어느 한 일간지에 기자가 쓴 서평을 보고, 책을 읽게 된 일이 있었어요. 천명관의 『나의 삼촌 브루스 리』(예담, 2012)였는데, 서평가는 이 책이 배꼽이 빠질 정도의 웃음을 선사한다고 하더군요. 가볍게 읽을 수 있다고도 했고요. 주인공 삼촌은 우리가 흔히 보는 삼촌이며, 삼촌의 삶은 짝퉁, 실패담이라고 했습니다. 그 당시에 제가 기분 상태가 안 좋았던 것 같아요.

그래서 한껏 키득거릴 요량으로 책을 읽기 시작했죠. 하지만 책을 읽을수록 저는 그 서평의 내용에 동의할 수 없었습니다. 아니, 적잖이 실망했어요. 삼촌은 우리 주변에서 흔히 볼 수 있는 인물도 아니었으며, 순정을 향해 자신의 모든 것을 바치는 삼촌의 인생은 명품 인생이었으며, 그러므로 삼촌의 인생은 실패가 아닌 진정한 성공담이라고 느꼈습니다.

그 이후, 서평이 주는 정보를 그대로 다 받아들이진 않게 되었습니다. 서평이 독자에게 할 수 있는 역할이 무엇인가를 생각하게 되었고, 여러 서평들과 책을 읽어 나갔습니다. 서평은 쓰는 사람의 주관이 배제될 수는 없겠지만, 그래도 어느 정도 보편적인 시각을 제공해야 되지 않을까, 또 책이 던지는 주제에 대해서 한 번 더 생각해볼 수 있는 연결고리가 되어야 하지 않을까, 라고 여겼고요. 그 고민들이 서평 쓰기로 이어진 것 같습니다.

책을 얼마나 읽나요?

저는 책을 굉장히 느리게 읽는 편입니다. 좋은 책을 만나면 반복해서 읽는 경우도 많고요. 어림잡아 일주일에 한 권 정도 읽는 것 같습니다.

서평과 비평은 어떻게 다른가요?

읽는 사람들의 독서 여부에 따라 다르다고 생각하는데요. 서평은 책을 읽은 사람과 읽지 않은 사람들을 대상으로 하고, 비평은 책을 읽고 그 책에 대한 깊고 넓은 해석을 접해보고 싶은 사람들을 위한 것이 아닐까 생각합니다. 그래서 서평은 책의 서지사항이나 소개, 책이 나온 배경이나 간단한 줄거리와 이 책이 읽을 만한 가치가 있는지 정도로 내용이 구성되고요.

제가 전문가는 아니지만 나름의 소견으로 말씀드리자면, 비평은 책에 대한 배경과 이해, 감상과 더불어 사회·역사적인 의미를 통과하는 해석이 있는 글이라고 생각합니다. 한마디로 비평은 지금 우리가 살아가는 사회에서 그 책이 가지는 의미와 가치의 무게를 달 수 있어야 된다고 생각해요.

예를 들어, 성석제의 『투명인간』(창비, 2014)이라는 책이 있는데요. 거기에는 가족을 위해 자신의 모든 것을 희생하는 만수라는 인물이 나옵니다. 우리나라에서 가족에 대한 희생은 전통적으로 당연시됐습니다. 하지만 자유시장 경제가 들어서고 자본주의가 만연화되면서 가족에 대한 개념 자체가 붕괴되고 있어요. 우리는 가족 간에도 돈 때문에 서로를 버리고 배신하는 사회에서 살고 있습니다. 이 책은 바로 자본주의 사회의 음과 양, 그에 따른 가족의 붕괴, 그 속에서 우리는 어떻게 살아갈 것인가, 라는 이 시대를 관통하는 문제를 조명하고 있습니다. 현재를 살아가는 우리들의 어두운 면을 비추고, 불편한 점을 까발리고, 아픈 부분을 보듬고, 앞으로 나아가게 하는 게 비평의 역할이 아닐까 생각합니다.

독후감과 서평은 어떻게 다른가요?

독후감은 상당히 주관적인 글입니다. 책을 읽고 자신의 생각과 느낌을 쓰면 그만입니다. 그렇지만 서평은 객관성을 확보해야 합니다. 다른 사람들이 읽는 글이기 때문에 사람들의 동의를 얻을 만한 논리성이 있는지 반드시 확인해야 합니다. 니체는 "모든 이해는 오해다"라고 했는데요. 그렇다고 하더라도 이해와 오해의 폭을 줄이기 위해 서평은 주관적 해석의 함정에 빠지면 안 됩니다. 바로 탄탄한 논리가 뒷받침되어야 하는 이유입니다.

서평의 기능은 무엇일까요?

서평을 읽는 독자가 어느 정도 책을 이해하고 감상하고 평가 할 수 있도록 그와 관련된 정보를 제공하는 것입니다.

서평을 쓸 때 따르는 원칙이 있나요?

치밀하게 읽으려고 노력합니다. 발췌를 하고 필사를 하면서 깊이 생각하려고 합니다.

독자들에 대한 영향력은 어느 정도라고 생각하나요?

세상에는 책이 너무 많습니다. 제아무리 대단한 독서가라 할지라도 생전에 세상의 모든 책을 다 읽을 수는 없어요. 그런 의미에서 서평은 많은 책들 중에서 옥석을 가리는 데 중요한 역할을 한다고 생각합니다.

많은 사람들이 자신의 블로그에 서평을 올리곤 합니다. 이런 현상을 어떻게 보시는지요.

문학평론가 장석주는 무엇인가를 쓰는 사람들은 노출증에 걸린 환자라고 했습니다.(웃음) 저도 그 말에 동의합니다. "글쓰기는 언표(言表) 행위이고, 이는 필연적으로 자기 안의 무의식, 지각, 기억들을 드러낼 수밖에 없다."(『글쓰기는 스타일이다』, 중앙북스, 2015) 노출의 목적은 누군가 자신을 봐주고, 확인받기를 바라는 마음일 텐데요. 한마디로 글쓰기란 자신의 존재를 인정받고 싶은 마음의 발로입니다.

인간의 탄생과 죽음은 누군가가 대신할 수 없는, 홀로 감당해야 한다는 점에서, 인간은 근본적으로 외롭고 쓸쓸하다고 생각합니다. 인간은 고독하지만 자신을 표현하고 인정받고 싶은 열망이 있는 겁니다. 그런 면에서 누구나 글쓰기의 유전자를 가지고 있다고 할 수 있습니다.

그런데 재미있는 것은 고독과 외로움을 견딜 줄 아는 사람들이 글쓰기도 잘 해낸다는 것입니다. 쓰기 위해서 내면으로 칩거하고 침묵과 공허함 속에 자신을 유폐시키죠. 고독을 이겨내기 위해서 더 고독해지려고 하는 거죠. 이는 자신을 자세하게 관찰할 수 있고 몰입할 수 있게 하기 때문입니다. 따라서 글쓰기의 외로움을 묵묵히 견디는 자는 오히려 외롭지 않은 사람입니다.

서평을 잘 쓰려면 어떤 노력이 필요할까요?

두말할 것 없이 많이 읽고 많이 생각해야 합니다. 읽고 쓰는 것에 지름길은 없습니다. 내가 낸 발자국만으로 내 길을 만들 수 있다는 신념으로 써나가야 합니다. 나의 글쓰기 근육에서 나온 글만이 진정한 내 것입니다.

많이 읽으라고 한 것은 책의 양을 말하는 게 아닙니다. 한 권을 읽더라도 음미하면서, 깊이 있게 읽으라는 뜻입니다. 그러기 위해서는 책을 읽다가 자신의 눈길이 오래도록 머무는 곳에 표시를 하고, 반복해서 읽어보는 게 중요합니다. 사람마다 밑줄을 치는 부분은 다 다른데요. 그 부분을 되새기다 보면 자신이 어떤 사람인지, 무엇을 열망하고 무엇을 불안해하고 두려워하는지 알게 됩니다.

읽는다는 행위는 결국 '진짜 나의 모습을 찾아가는 과정'입니다. 읽으면서 자신을 알게 되는 거지요. 눈치채셨겠지만, 서평을 잘 쓰기 위해서는 먼저 자신에 대해 잘 알아야 합니다. 자신이 어떤 사람인지 규명할 수 있어야 다른 사람이 쓴 책에 대해서도 명료한 언어로 표현할 수 있기 때문이죠.

예를 들어, 저는 성격이 급하고 다른 사람의 부탁을 잘 거절하지 못합니다. 눈물과 웃음도 많지요. 책을 읽을 때 나와 비슷한 사람의 이야기가 나오면 저는 그 부분을 자세히 읽고 또 읽으며 공감합니다. 그 과정에서 내가 감추고 싶거나 내세우고 싶은 게 무엇인지 객관적으로 보게 됩니다. '나라는 사람은 이런 기질을 가지고 있으니까 앞으로 좋은 일, 안 좋은 일이 닥치면 어떻게 생각하고 행동해야겠다', '나와 같은 약점을 가진 사람도 나름대로 행복하게 살아갈 수 있어', '사람은 저마다 다른 점으로 이 세상을 살아가는구나'와 같은 생각들이 자연스럽게 듭니다.

자신을 객관화시킨다는 것은 타인을 이해하는 시발점이 됩니다. '저들도 나와 비슷하겠구나'라는 생각은 나와 타인을 연결시키는 소통의 고리가 될 수 있습니다. 독서가 깊어지면서 사람과 세계를 이해하는 안목이 넓어집니다.

서평을 쓴다는 것도 결국은 책을 통해 나를 둘러싼 사람들의 세계에 들어가는 것이라고 생각합니다. 작가를 이해하고, 그 책을 읽는 사람들이 처한 상황을 이해하고 공감하는 능력은 자신이 어디에 위치해 있는지 알게 합니다. 읽으면서 자신에 대해 깊이 관찰하고 이를 알기 쉬운 언어로 독자에게 전달하는 태도를 기르는 것이 중요하다고 생각합니다.

책을 읽은 독자와 읽지 않은 독자 중 어느 쪽을 더 고려하나요?

책을 읽은 독자를 고려하는 것 같습니다. 제 자신이 책을 여러 번 읽고, 깊이 생각하려고 노력하다 보니 글도 자연스럽게 읽은 사람을 고려하고 쓰는 것 같습니다. 좋은 건지 안 좋은 건지는 모르겠지만, 그냥 제가 하고 싶은 대로 제 방식대로 쓰는 것이 지금은 좋습니다.

좋아하는 서평 스타일이 있나요?

언제부터인가 무던하고 점잖은 서평은 잘 보지 않게 됐습니다. 현재 우리나라의 서평은 칭찬 일색인 것 같아요. 출판계와 작가, 서점 상황 등 여러 가지 이해관계가 얽혀 있기 때문일 거라 짐작만 합니다. 그런데 독자 입장에서는 친절한 글들이 지루하고 식상합니다. 읽으나 마나 한 글은 왜 읽어야 하는지 의문이 들 때가 많습니다.

투박하고 거칠더라도 자신만의 색깔이 분명한 서평이 좋습니다. 대신 서평자의 억지주장으로 구성된 서평은 눈살을 찌푸리게 합니다. 아름다운 논리로 독자를 설득할 수 있는 서평이라면 독자의 호응을 얻을 수 있을것 같습니다. 나아가 번득이는 통찰력, 기가 뻥 뚫리는 통쾌함, 저자를 배려하는 신랄함, 촌철살인의 유머감각, 지식을 자랑하지 않는 겸손, 시대를 감지할 수 있는 혜안이 들어 있는 서평이라면 얼마든지 읽고 싶습니다. 너무 어려운 일일까요?(웃음)

서평 분량은 어느 정도가 적당할까요?

길이는 상관없습니다. 재미있으면 긴 서평도 즐겨보고, 재미없으면 한두 문단 읽고 그만두는 서평도 있으니까요.

좋아하는 서평집이 있다면 소개해주세요.

두루두루 봅니다. 특별히 좋아하는 서평집을 아직은 만나지 못했네요. 간단히 책을 설명하는 차원에서 그치는 서평보다는 무엇인가 새로운 시각을 제시하고, 이 시대의 화두를 던지는 서평을 좋아합니다. 이것을 만족시키는 것이 테리 이글턴의 서평집이라고 하던데, 아직 읽어보지는 못했어요. 곧 읽을 계획입니다.

앞으로의 계획은 무엇인가요?

앞으로도 읽고, 생각하고, 쓰는 삶을 살 것입니다. 그중에서도 문학을 더 많이 읽고 쓰고 싶습니다. '문학의 의미 없음'을 말하는 세상에서 '문학의 의미 있음'을 사람들에게 퍼뜨리고 싶습니다.(너무 거창한가요?) 삶이 문학과 다르지 않다는 것을 사람들과 공감하고 나누고 싶습니다. 문학을 통해 우리가 포착하지 못한 삶의 다양한 층위들에 접근하고, 이로써 타자와

교감하고 연대하고 싶습니다. 그러면 책을 읽는 사람들도 더 많아질 테고, 각박한 세상에서의 삶이 덜 불안하지 않을까요.

조현행

책을 읽고 글을 쓰는 일은 '자신의 내면을 가다듬는 가장 좋은 방법'이라고 말하는 책벌레. 오랜 시간 책을 꾹꾹 눌러 읽다가, 글을 쓰기 시작했다. 책을 좋아하고 글쓰기에 매혹된 사람은 나이 불문 친구가 된다. 지금은 대학원 박사과정에서 문학을 공부하고 있다. 숭례문학당에서 독서토론, 글쓰기 강좌를 진행하고 있다. 블로그 '책과 함께 하는 개똥철학'(blog. naver.com/yaaawbb100)을 운영하고 있으며, 저서로 『이젠 함께 읽기다』(공저)가 있다.

06
서평은 큰 숲을 그리는 글쓰기다

⋮

권선영

서평을 쓰게 된 계기는요?

저는 원래 번역가 지망생이었습니다. 번역가라고 하면 보통 해외 원서를 우리말로 옮기는 일을 한다고 생각하지만, 실제로는 다양한 일을 합니다. 번역가가 직접 발굴한 해외 원서를 출판사에 소개하거나 반대로 출판사로부터 해외 원서에 대한 검토를 의뢰받기도 합니다. 그러다 보니 외국어뿐 아니라 글쓰기도 무척 중요합니다.

제가 글쓰기 훈련으로 선택한 것이 바로 서평입니다. 책을 소개하고 이 책을 번역본으로 내면 어떨지를 평가하는 검토서는 서평이나 다름없습니다. 당시 책 한 권도 제대로 읽어내지 못하던 저로선 책 읽는 법을 먼저 배워야 하지 않을까라는 조급함도 들었습니다. 계속 고민만 하다가는 아무것도 못하겠다는 생각이 들어서 일단 써보자고 마음먹었습니다. 그렇게 한 편 두 편 쓰다 보니 제 나름대로의 서평 쓰는 노하우도 생겼습니다.

서평과 비평은 어떻게 다른가요?

모든 서평이 다 그런 것은 아니지만, 서평은 책을 읽지 않은 독자가 책에 쉽게 접근할 수 있도록 마중물 역할을 합니다. 그러다 보니 아무래도 책 소개에 중점을 두죠. 물론 서평 안에도 서평가의 비평이 들어갑니다. 하지만 어디까지나 독자가 책을 읽을지 말지를 선택하는 데 도움이 되는 정도입니다.

반면 비평은 책을 구체적으로 해석하고 전문가의 관점으로 평가하는 글이라고 보면 되겠습니다. 비평을 통해 책의 사회적, 문학적 가치척도를 가늠할 수 있습니다. 당연히 비평은 책 소개보다는 저술 배경, 문제, 저자의 관점, 사회문제 등 책에 국한하지 않고 넓고 다양한 범위에서 이루어집니다. 전문가가 책을 친절히 발라서 해석해주니 책을 읽은 독자도 놓친 부분을 다시 한 번 읽게 됩니다.

서평도 세부적으로 들어가면 일반 독자, 전문 독자, 전문 서평가의 서평으로 나뉘어서 경계를 구분 짓는 것이 어렵지만, 저는 크게 글의 목적에 따라(소개, 재독再讀) 서평과 비평을 구분합니다.

독후감과 서평은 어떻게 다른가요?

독후감은 그야말로 책을 읽은 후 소감을 '나'의 관점에서 주관적으로 풀어쓴 글입니다. 책의 개괄적인 내용보다는 내가 감명 깊게 읽은 부분을 중심으로 전개해나갑니다. 혹은 책에서 뽑은 키워드를 가지고 전혀 다른 이야기를 풀어나가기도 합니다. 즉 글이 전혀 다른 방향으로 가더라도 글의 화자가 '나'이므로 내가 글을 쓰면서 해소되는 기분이 든다면, 그걸로 독후감의 기능을 다한 것입니다.

반면 서평은 중심이 '나'에서 '제3자'로 바뀝니다. 객관적 책 읽기가 바탕이 되어야 하는 이유입니다. 서평에는 책 요약과 객관적인 평가가 들어갑니다. 간혹 '객관적인 평가'라는 말을 혼동해서 자기 생각을 넣으면 절대 안 된다고 하는 사람들을 만납니다. 자기 생각, 즉 주관이 없는 글은 줄거리 요약본입니다. 여기서 말하는 객관적인 평가란 내 주관을 넣되, 반드시 그 근거를 책에서 가져와야 한다는 뜻입니다. 서평가의 평이 설득력을 갖추려면 논리적인 글쓰기가 수반되어야 합니다.

서평은 '책 소개'라는 목적이 있는 글쓰기입니다. 독자에게 소개하기 위해서는 당연히 책의 전반적인 부분을 균형 있게 다뤄야 하겠지요. 그런 의미에서 독후감이 지엽적 글쓰기라면, 서평은 큰 숲을 그리는 글쓰기라고 할 수 있습니다.

서평의 기능은 무엇일까요?

저는 가끔 서평을 쓰기 전과 후를 비교해보곤 합니다. 가장 크게 달라진 점이라면, 책을 좀더 입체적으로 읽게 되었다는 점입니다. 서평에 뭔가를 쓰려면 단순히 읽는 것에 그쳐서는 안 되고 독자에게 읽을거리를 던져줘야 하거든요. 문학은 '상징'에 의미를 부여하고 사회의 단면을 읽어내려고 노력합니다. 비문학은 저자의 문제의식을 파악하고 우리 삶에 어떻게 적용해야 할지 고민하면서 읽습니다.

이렇게 책을 읽으면 '생각'이라는 것을 하게 됩니다. 인터넷과 스마트폰에 과하게 노출되어 있는 우리들이 하루 동안 생각하는 시간은 얼마나 될까요? 저는 거의 없다고 봅니다. '결정장애 세대'라는 말이 나올 정도로 우리는 자기 주관을 드러내는 데 적극적이지 못합니다. 이것은 생각의 부재에서 오는 결과입니다. 그래서 저는 의식적으로 생각할 기회를 부여해야 한다고 생각합니다. 이때 가장 좋은 방법이 서평 쓰기입니다. 책을 읽으면서 끊임없이 생각하고 생각의 파편을 정리해서 글로 풀어낸 것이 바로 서평입니다.

서평을 쓸 때 따르는 원칙이 있나요?

원칙이라기보다 서평 쓸 때 반드시 하는 작업이 있습니다. 책 읽으면서 표시해둔 발췌를 비공개 온라인 카페에 업로드하는 것입니다. 수십 군데나 되는 발췌를 일일이 타이핑하는 것은 시간도 많이 걸리고 고된 작업입니다. 본문 발췌와 책 귀퉁이에 적었던 단상도 모조리 옮겨 적습니다. 특히 귀퉁이 단상은 다른 색깔로 구분해둡니다(이때 적은 단상들이 대부분 서평에 그대로 반영됩니다).

타이핑 후 발췌를 처음부터 끝까지 읽으면 책을 다시 한

번 읽는 효과가 있고, 서평 쓸 때 키워드 잡는 것도 수월합니다. 물론 나중에 글을 쓸 때 적절한 인용을 손쉽게 넣을 수도 있습니다. 필사한다고 따로 시간 낼 필요도 없습니다. 발췌를 옮겨 적는 것 자체가 필사입니다. 내가 공감하고 중요하다고 생각한 발췌들이니 내 생각의 흔적임은 말할 것도 없지요.

독자들에 대한 영향력은 어느 정도라고 생각하나요?

'독자들에 대한 영향력'이라는 말은 저한테 과분한 것 같습니다. 서평을 쓰면서부터 블로그를 새로 만들어서 틈틈이 올리고 있습니다. 한동안은 서평을 올려도 읽어주는 사람이 없었는데, 요즘 들어 댓글이 하나둘씩 달리고 있습니다. 주로 검색으로 우연히 들어오셨던 분들이 계속 찾아주고 계신 것 같습니다. 대부분 제가 쓴 서평을 읽고 '책에 대한 관심이 생겼다' 혹은 '책이 읽고 싶어진다'는 댓글입니다. 제 글에 공감을 표현하거나 응원해주는 댓글을 볼 때마다 가슴 한편이 뭉클해집니다. 오히려 그분들에게 제가 용기를 얻습니다. 제 글을 읽고 삶의 희망을 봤다는 한 독자의 진심 어린 메일을 받고 감동해서 울기도 했습니다. 부족한 제 글로도 사람들과 작지만 공감대를 형성할 수 있다는 사실이 기쁩니다.

많은 사람들이 자신의 블로그에 서평을 올리곤 합니다. 이런 현상을 어떻게 보시는지요.

있는 그대로의 자신을 표현하고 싶은 욕망, 다른 사람들과 소통하고 싶은 욕망의 발현이 아닐까요? 오프라인에서 사람과 관계를 맺을 때는 그 사람의 조건과 환경이 큰 영향을 미칩니다. 내 모습을 있는 그대로 드러내고 싶어도 눈에 보이는 배경들 때문에 그러기가 쉽지 않죠. 표면적인 관계에 집중하다 보니 말과 행동에도 진정성이 떨어집니다.

하지만 블로그의 서평은 다릅니다. 오로지 책에 대한 이야기를 하고 내 생각을 가감 없이 솔직히 토해냅니다. 글 앞에서는 출신 학교도, 고향도 아무 상관없습니다. 세상이 내 가치를 측정하는 모든 조건을 다 내려놓고 마음껏 즐기는 지적 향연입니다. 서평을 쓰는 사람들은 책에 대한 로망과 무의미한 허세를 극복한 사람들입니다. 단순히 보여주기 위한 지적 허세가 아니라 서평을 통해 다른 사람들에게 말을 거는 제스처입니다.

서평을 잘 쓰려면 어떤 노력이 필요할까요?

서평 전문가의 노하우를 배우는 것도 한 방법이 될 수 있

겠죠. 많은 사람들이 서평 쓰는 이론을 배우고 싶어 하는 것
도 사실입니다. 하지만 전 방법론에 앞서 꾸준히 쓸 수 있는
거북이 근성이 필요하다고 생각합니다. 아무리 뛰어난 전문
가에게 배웠어도 자기가 직접 써보지 않으면 그 노하우도 구
현할 수가 없습니다. 글은 눈으로 보는 것과 직접 쓰는 것이
다릅니다. 서평뿐만 아니라 모든 글쓰기가 그렇습니다.

　대부분 서평 한두 편 써놓고 뜻대로 써지지 않는다고 쉽게
좌절하거나 포기해버리고 맙니다. 서평 쓰기는 양이 중요합
니다. 일단 많이 써봐야 내 글의 부족한 점을 파악할 수 있고
보완할 수 있습니다. 그리고 보완해나가는 과정에서 나만의
노하우가 생깁니다. 저도 계속 편수를 늘려가면서 제 서평이
어떻게 달라져가고 있는지 지켜보고 있습니다. 초창기에 썼
던 서평을 지금 읽어보면 웃음만 나옵니다.

　책을 읽은 독자와 읽지 않은 독자 중 어느 쪽을 더 고려하나요?

　초창기에는 책을 읽지 않은 독자를 고려해서 서평을 썼고
지금은 책을 읽은 독자를 염두에 두고 쓰고 있습니다. 서평의
목적은 '책 소개'지만, 반드시 책을 읽지 않은 독자를 타깃으
로 소개해야 하는 것은 아닙니다. 책을 읽은 독자도 제 서평

을 통해 책의 가치를 다시 한 번 느꼈으면 하는 바람입니다. 특히 문학작품 서평을 쓸 때가 그렇습니다. 문학의 주요 사건과 상징들을 제 언어로 해석하고 의미 부여하는 것이 즐겁습니다. 묘한 카타르시스를 느끼기도 합니다. 그래서 서평 한 편을 힘들게 쓰고 나면 하고 싶은 말을 다 쏟아낸 듯해 후련하기까지 합니다.

좋아하는 서평 스타일이 있나요?

칼럼식 서평을 좋아합니다. 일부러 첫 단락과 마지막 단락을 매치시켜서 통일성을 주기도 하고요. 책의 내용을 가져와서 사회의 단면을 지적하는 등 칼럼 형태의 서평을 계속 연습하고 있습니다. 그래서 키워드와 개요 작성에 시간을 많이 투자하는 편입니다. 또 칼럼처럼 매력적인 첫 단락을 쓰기 위해 뉴스 검색을 많이 합니다. 주로 저자의 인터뷰를 찾아보고 책과 관련된 사회 이슈를 훑어봅니다. 이것이 과해서 공감대가 떨어지는 첫 단락을 쓰는 경우도 종종 있는데, 다 경험이라고 생각하면서 적정선을 찾고 있습니다.

분량을 정해놓고 쓰는 건 아니지만 대체로 A4 1매 반 정도 씁니다. 1매로는 제가 하고 싶은 말을 다 담기 힘들더군요. 제 글이 만연체라서 그런 탓도 있습니다만. 1매 반, 다섯 단락 정도로 마무리합니다. 아무래도 개요를 먼저 작성하고 쓰다 보니 분량이 일정하게 나오는 것 같습니다. 최근에 『허삼관 매혈기』 서평을 2매 분량으로 썼는데 좀 과하다는 생각이 들었습니다. 서평을 쓰고 나서 반드시 낭독을 해보는데, 읽기에도 버거운 분량이었습니다.

서평이 좋았다면 책이 읽고 싶어집니다. 자신이 느낀 책의 장단점을 솔직히 적어주고 독자가 책을 선택하는 데 친절한 가이드 역할을 하는 서평이라면 더할 나위 없이 좋다고 생각합니다. 이런 서평을 읽으면 필자의 정성과 노력이 느껴져서 한 글자도 허투루 읽지 않습니다.

서평집을 많이 읽지는 않습니다. 유명한 서평집은 그때그

때 사놓고 필요한 부분만 골라서 읽거나 서평가들의 블로그에 들러 읽습니다. 최근에는 이현우의 『로쟈의 러시아 문학 강의』(현암사, 2014)를 조금씩 읽고 있습니다. 이 책은 러시아 문학의 황금시대인 19세기를 대표하는 작품들을 소개하고 있는데요. 비평보다는 작품의 역사적 배경과 저자의 삶, 책 내용 중심으로 기술되어 있어서 러시아 문학작품을 이해하는 데 도움을 주는 책입니다. 작년부터 톨스토이와 고골, 체홉 등 생소한 러시아 작가의 작품을 읽기 시작한 저 같은 초보자도 읽기 무난한 책입니다.

책과 출판시장 동향을 통해 사회를 통찰하는 출판평론가 한기호 선생의 서평, 평론가임에도 문학적 감수성을 지닌 신형철의 산문도 좋아합니다.

<u>앞으로의 계획은 무엇인가요?</u>

서평을 계속 쓰면서 다른 사람들에게도 책과 서평의 중요성을 알리려고 합니다. 그 첫 번째가 번역 스터디 모임입니다. 번역에 대한 꿈은 잠시 보류 상태지만, 번역가들과 계속 스터디를 하고 있습니다. 그들이 써오는 검토서나 기획서를 읽어보고 코멘트를 하고 있는데요. 앞으로도 계속 서평을 써

야 하는 저에겐 글 보는 안목을 키울 수 있는 좋은 공부가 됩
니다.

또 다른 계획은 서평 초보자들을 대상으로 서평 쓰기 강의
를 하는 것입니다. 저도 초짜에서 시작한 터라, 초보자들의
고민이 무엇인지 누구보다 잘 알고 있습니다. 그들과 공감대
를 형성하고 답답함을 해소해주고자 합니다. 누구나 서평을
쓸 수 있도록, 서평 쓰기의 마중물이 되겠습니다.

권선영

세무법인에 다니다가 일본 애니메이션이 좋아서 모든 것을 다 내려놓고
어학연수를 다녀왔다. 번역에 뜻을 품고 서평으로 본격적인 글쓰기 공부를
시작했다. 삶의 모토는 "묵묵히 내 갈 길을 갈 때 새로운 기회도 찾아온다"
이다. 글쓰기 재능은 없지만 계속 읽고 쓴 덕분에, 지금은 서평 강의를 하
며 사람들에게 글 쓰는 즐거움을 전파하고 있다. 책과 글쓰기를 매개로 사
람을 만나고, 새로운 인생의 지도를 그리며 삶의 의미를 찾아가는 중이다.

추천 도서

글쓰기에 도움이 되는 책

- 『1분 감각』 사이토 다카시 지음, 장은정 옮김, 위즈덤하우스, 2011
- 『가슴으로도 쓰고 손끝으로도 써라』 안도현 지음, 한겨레출판, 2009
- 『그러니까 당신도 써라』 배상문 지음, 북포스, 2009
- 『글 고치기 전략』 장하늘 지음, 다산초당, 2006
- 『글쓰기는 주제다』 남영신 지음, 아카넷, 2014
- 『글쓰기를 위한 4천만의 국어책』 이재성 지음, 들녘, 2006
- 『글쓰기의 기쁨』 롤프−베른하르트 에시히 지음, 배수아 옮김, 주니어김영사, 2010
- 『글쓰기의 전략』 이재성 · 정희모 지음, 들녘, 2005
- 『글 쓰며 사는 삶』 나탈리 골드버그 지음, 한진영 옮김, 페가수스, 2010
- 『달리기를 말할 때 내가 하고 싶은 이야기』 무라카미 하루키 지음, 임홍빈 옮김, 문학사상사, 2009
- 『대통령의 글쓰기』 강원국 지음, 메디치미디어, 2014
- 『문장 기술』 배상복 지음, 씨앤아이북스, 2009

- 『미국처럼 쓰고 일본처럼 읽어라』 신우성 지음, 어문학사, 2009
- 『뼛속까지 내려가서 써라』 나탈리 골드버그 지음, 권진욱 옮김, 한문화, 2013
- 『소설가의 일』 김연수 지음, 문학동네, 2014
- 『아티스트 웨이』 줄리아 카메론 지음, 임지호 옮김, 경당, 2012
- 『작가 수업』 도러시아 브랜디 지음, 강미경 옮김, 공존, 2010
- 『책은 도끼다』 박웅현 지음, 북하우스, 2011
- 『초등 글쓰기가 아이의 10년 후를 결정한다』 히구치 유이치 지음, 김윤희 옮김, 팜파스, 2007
- 『한국의 글쟁이들』 구본준 지음, 한겨레출판, 2008

서평집

- 『각주와 이크의 책 읽기』 이권우 지음, 한국출판마케팅연구소, 2003
- 『나는 이런 책을 읽어왔다』 다치바나 다카시 지음, 이언숙 옮김, 청어람미디어, 2001
- 『느낌의 공동체』 신형철 지음, 문학동네, 2011
- 『독서의 즐거움』 수잔 와이즈 바우어 지음, 이옥진 옮김, 민음사, 2010
- 『만보객 책 속을 거닐다』 장석주 지음, 예담, 2007
- 『보도 비평』 한국언론재단 편집부 엮음, 한국언론재단, 2002
- 『빌린 책, 산 책, 버린 책』(전3권) 장정일 지음, 마티, 2010~2014
- 『열렬한 책 읽기』 한소공 지음, 백지운 옮김, 청어람미디어, 2008
- 『우리시대 또 다른 시각』 김성기 외 47인 지음, 책세상, 2001
- 『월경독서』 목수정 지음, 생각정원, 2013
- 『장정일의 독서일기』(전7권) 장정일 지음, 범우사·랜덤하우스코리아, 1994~2007
- 『전작주의자의 꿈』 조희봉 지음, 함께읽는책, 2003
- 『정희진처럼 읽기』 정희진 지음, 교양인, 2014

- 『주제』 강유원 지음, 뿌리와이파리, 2005
- 『지난 10년, 놓쳐서는 안 될 아까운 책』 강수돌 외 지음, 부키, 2011
- 『책탐』 김경집 지음, 나무수, 2009
- 『철학자의 서재』(전3권) 한국철학사상연구회 지음, 프레시안 기획, 알렙, 2011~2014
- 『청춘의 독서』 유시민 지음, 웅진지식하우스, 2009
- 『취서만필』 장석주 지음, 평단문화사, 2009
- 『탐서주의자의 책』 표정훈 지음, 마음산책, 2004

국립중앙도서관 출판예정도서목록(CIP)

서평 글쓰기 특강 / 지은이: 김민영, 황선애. — 서울 : 북바이북, 2015
    p. ;   cm

ISBN 979-11-85400-13-6 03800 : ₩14000

서평(평론)[書評]
글쓰기

029.1-KDC6
028.1-DDC23   CIP2015014634

서평 글쓰기 특강

2015년 6월 2일 1판 1쇄 발행
2023년 5월 8일 1판 9쇄 발행

지은이   김민영 황선애
펴낸이   한기호
펴낸곳   북바이북
          출판등록 2009년 5월 12일 제313-2009-100호
          주소 121-839 서울시 마포구 서교동 484-1 삼성빌딩A동 2층
          전화 02-336-5675 팩스 02-337-5347
          이메일   kpm@kpm21.co.kr
          홈페이지 www.kpm21.co.kr

ISBN 979-11-85400-13-6 03800

북바이북은 한국출판마케팅연구소의 임프린트입니다.
책값은 뒤표지에 있습니다.